EL PALACIO DE LA INOCENCIA

RAÚL GARBANTES

EL PALACIO DE LA INOCENCIA
Todos los derechos reservados.

Alba Digital Publishing
info@albadigitalpublishing.com

CONTENIDO

CAPÍTULO 1

—*Cuéntame otra vez la historia.*

—*¿De nuevo?, ¿no te cansas de ella?*

—*¡Ya la olvidé!*

—*¡Niña mentirosa! ¿Te gusta mucho? Es una buena historia, te la volveré a contar: Había una vez un gran planeta hecho de nubes y deseos...*

—*¿Pueden comerse las nubes así como los deseos?*

—*¡No interrumpas tanto, niña boba! Y deja que te cuente la historia.*

¡Vaya susto! Transpirando gruesas gotas de sudor, Diana despierta a las 4:00 a. m. con el pulso acelerado y la respiración entrecortada. Otro mal sueño que no logra recordar bien, que la deja con una sensación inexplicable de angustia y cuyos detonantes originales va olvidando conforme transcurren los segundos. Ella intenta conservar esas imágenes difusas que minutos antes parecían tan reales, impotente ante la inevitabilidad próxima de su total olvido: una voz familiar; una caminata en el medio de la niebla; un grito; un golpe; una persecución, ¿Quizá? Ya puede sentir el olvido tragándose por completo el recuerdo de su sueño y suspira, tratando de recuperarse de tan horrorosa impresión. El alivio posterior al olvido. Porque nada puede ser lo suficientemente dañino y doloroso si no puede ser recordado. Mientras tanto, su esposo duerme a su lado ajeno a cualquier perturbación. ¡Qué envidia! ¡Qué sueño tan profundo! Siempre se habían diferenciado en eso, entre muchas otras cosas que los distinguían. Ese sueño pesado e imperturbable en nada se parecía al frágil despertar al que constantemente se veía sometida cada vez que se acostaba a dormir, despertando a intervalos a lo largo de la noche tejiendo pensamientos sordos en su cabeza y que solo compartía consigo misma durante la noche. A sus 27 años, Diana luce más joven de lo que parece. Nadie imaginaría, al verla por primera vez, que ya era una mujer que se valía por sí misma, que trabajaba incansablemente como maestra de escuela para educación infantil y que en un par de meses cumpliría dos años de casada. De rasgos finos y contextura delgada distribuidos en su menuda estatura. Sin mover un solo músculo de su cuerpo, permanecía boca arriba mirando al techo, tratando de acomodar su silenciosa desesperación al ritmo de la respiración lenta y profunda de su esposo a medida que imaginaba la ejecución sistemática de los rituales propios de su insomnio, minutos antes de que se dispusiera a ejecutarlos: sentarse al borde de la cama con movimientos sutiles y mesarse el cabello durante unos minutos, levantarse con cuidado y dejando atrás el lecho matrimonial para dirigirse a la cocina, bajar las escaleras hasta el primer piso, llegar al lugar deseado, abrir el refrigerador y recostar la cabeza sobre la hielera durante unos segundos antes de servirse un buen vaso de agua fría para calmar su inexplicable ansiedad. Debía hacer todas estas cosas, como siempre las hacía cada vez que una pesadilla la devolvía a la oscura y solitaria realidad. Pero esta vez la acompañaba una sensación distinta. Un temor cercano al presentimiento, como si de solo pensar en la posibilidad de abandonar la cama implicara enfrentarse contra algo que era mejor no conocer. Trataría de dormir, a expensas del hielo y el vaso de agua que tanto le hacía falta. En cuenta regresiva trata de recitar mentalmente los números del 100 al 1, pero luego desiste tras imaginar el 67. Voltea la cabeza en dirección a su esposo, Alex, y contempla su espalda desnuda, corpulenta y sin arropar, alzándose con cada respiración. Una breve

5

punzada de deseo recorre todo su cuerpo. Le reconforta saber que esa espalda era suya. En ese instante no lo haría, pero sabía que tenía la potestad de abrazar esa espalda, de animar a ese cuerpo durmiente para que despertara al sentir el cálido contacto de su cuerpo y, entonces, hiciera posesión de ella con embestidas rápidas y furiosas antes de volverse a dormir. Pero no, nada de eso sucedió. Después de una tarde tan atareada tras haber visitado a su hermana, justo antes de dormirse, marido y mujer cruzaron unas palabras incómodas que derivaron en una inútil conversación que acabó por dejarlos enojados y sin ganas de hablarse hasta el día siguiente. Diana detestaba que su esposo apuntara inocentemente críticas hacia su familia. O, mejor dicho, contra su hermana Bárbara. Acostada en la cama rememoraba ese roce mal habido y pensó para sí misma que quizá exageraba. Quizá no debía asumir que todo aquello censurable en su hermana también escondía una crítica hacia ella misma. Quizá lo que le molestaba de aquellas apreciaciones era descubrir que también ella las pensaba pero no se atrevía a declararlo. A medida que se acentuaba su insomnio, Diana consideró que era mejor no atormentarse pensando en su hermana.

A Diana le inquietaban muchas cosas sobre la vida de Bárbara y sobre todo se preocupaba por sus sobrinos. Tratando de esquivar el recuento de una amarga realidad, volvieron a invadirla los temores iniciales que la obligaron a despertar. Diana recordó que había abandonado su terapia hace dos años y hasta entonces no había reflexionado en la posibilidad de retomarlas. Pero aquellos insomnios recurrentes comenzaban a representar una molestia o, mejor dicho, un síntoma de algo que no estaba bien. Sin saber por qué recordó a su padre, quien siempre le decía citando a su manera un versículo de la Biblia: "A todo el mundo le llega la hora de abandonar los juegos y crecer". Diana nunca consiguió ese versículo pero esas palabras le pesaban hondo, como un veredicto irreversible. Algunos juegos infantiles sobreviven para transformarse en competencias letales. Hay juegos que no pueden abandonarse, ni mucho menos ganarse. Diana permanecía inmóvil, pegada a la cama, incapaz de apartarse de la sensación de horror que la embargaba de tal modo que acabó por quedarse dormida (¡enhorabuena!), sumida en el más pesado y agrio de todos los sueños.

—*Un mundo hecho de polvo y muerte...*

—*¡Cuidado! ¡Detente!*

—*Es un monstruo. Los monstruos solo existen si crees en ellos, al igual que los palacios, las nubes y los deseos.*

—*¡No! ¡No! ¡Suéltala!*

—Diana, por favor, despierta. Es importante.

Un grito la sacudió como si fuera un temblor. Y de pronto Diana sintió, por segunda vez en una misma noche, que era devuelta por la fuerza hasta una realidad que lucía exagerada y llena de reclamos. Diana apenas alcanzó a responder sobresaltada con su característica voz aguda:

—¿Que ocurre, Alex? No me asustes.

Diana se sentó al borde de la cama con brusquedad. Con el teléfono inalámbrico de su casa en la mano, Alex se acercó a ella intentando mantener un tono calmado:

—Es mejor que te tranquilices, Diana. Pero debes atender esta llamada.

—¿Quién llama? No me gusta esa expresión en tu cara.

—Es la policía. Parece que... Es mejor que lo escuches por ti misma.

Alex le extendió el teléfono y Diana se lo arrebató con un gesto violento, contestando sobresaltada:

—*Sí*, soy yo quien habla.

Un breve silencio. Al escuchar a su interlocutor Diana mudó su expresión de agotamiento por un semblante de horror que su esposo apenas pudo contemplar en medio de la oscura habitación:

— *Sí*, en efecto. Soy su hermana.

CAPÍTULO 2

El tiempo tiene su modo de poner las cosas en su lugar y a cada persona frente al umbral de un destino inesperado. Su destino. El día anterior, Diana y Alex se despertaron temprano con la finalidad de buscar un buen regalo para Mina, la hija de Bárbara y sobrina de Diana, que cumplía cinco años aquel día. No podía ser cualquier regalo infantil porque se trataba de una niña muy especial, con una inteligencia precoz. Diana quería sorprender a su sobrina con algo que le gustara y que, al mismo tiempo, quisiera conservar durante los próximos años.

Mina, como cariñosamente la llamaban todos aunque su nombre completo fuera Guillermina, era una niña muy lista que comenzaba a demostrar los signos de un genio en formación: había aprendido a leer apenas con tres años de edad, hablaba con fluidez, se interesaba por las conversaciones de los adultos escrutando en silencio con una expresión curiosa lo que tuvieran por decir, aunque no los entendiera, preguntaba cada cosa que se le ocurría e incluso, en ocasiones, ganaba cuando discutía con Leo, su hermano mayor, de diez años de edad. Era una niña adorable y Diana la quería mucho, como si fuera la hija que aún no tenía. Aunque Diana nunca lo declarara abiertamente, y profesándole igual cariño a su sobrino Leo, Mina era su sobrina favorita. En parte, Diana veía en Mina un reflejo de sí misma, tan distinta de su hermana Bárbara y más acorde en actitud y personalidad con su tía. Ahora que Mina cumplía su primer lustro de vida, Diana sentía la necesidad de obsequiarle algo que pudiera atesorar siempre en su vida como un recuerdo de su tía. Diana y Alex paseaban por una juguetería local dentro de un centro comercial caminando lentamente por sus pasillos y observando con indiferencia los anaqueles llenos de variedad de juguetes para niños de todas las edades. Pistas de automóviles desmontables, inmensos castillos de plástico para armar, figuras de acción representando a los superhéroes de moda por la película del momento en cartelera, princesas con largos cabellos para ser peinados y máquinas con apariencia de miniordenadores cargados con infinidad de juegos virtuales. Alex se interesó en las muñecas de princesas sosteniendo la caja que contenía una de ellas para luego mostrársela a Diana diciendo:

—¿Qué te parece? Podemos comprarle una. A ella le gustan las princesas y los castillos.

—A todas las niñas nos gustan las princesas y los castillos —sentenció Diana—, pero quiero algo que Mina pueda guardar cuando ya no quiera seguir jugando con princesas y castillos.

—Los niños no guardan esas cosas —apuntó Alex—. Quizá debas darle un regalo así para cuando cumpla los quince.

—¡Ay, Alex! No lo entiendes —replicó Diana—. Mina sí lo guardará, como guarda en su memoria las historias que le he contado.

De pronto, una repentina idea la inspiró a abandonar la juguetería. Su esposo, confundido, la siguió preguntándole:

—¿Adónde vas? Diana, espera.

Alex igualó su paso y se situó a su lado, a lo que ella respondió sonriente:

—Ya sé donde conseguiré el regalo de Mina.

Confundido por el entusiasmo de su esposa, la siguió a lo largo de su recorrido por el centro comercial hasta que llegaron frente a un lugar. Alex en seguida comprendió:

—¿Una librería? ¿Estás segura? Apenas sabe leer.

Diana le lanzó una mirada fulminante y entró al lugar. Un señor de aproximadamente 60 años le salió al paso dándole la bienvenida:

—¡Buenos días, señorita! ¿En qué puedo ayudarla?

—Estoy buscando libros para niños —respondió Diana—. Pero que no sean para dibujar o pintar sino cuentos que una niña pueda leer. ¿Tienen algo así?

—Por supuesto, señorita. El penúltimo anaquel del tercer pasillo —le respondió el librero indicándole el lugar mencionado dentro de su tienda.

Diana asintió y caminó hacia esa dirección sonriendo hacia sus adentros por la repetida insistencia en llamarla "señorita", mientras su esposo aguardaba afuera seguramente prefiriendo evitar su cólera después de la mirada que le había lanzado. Ella siempre pareció más joven de lo que era y no parecía consciente de ello hasta que surgían esas conversaciones con extraños o transeúntes ocasionales. Al llegar al anaquel indicado, Diana paseó su mirada sobre los títulos y las portadas. Libros de pocas páginas con portadas coloridas o fotos de películas representando las recientes adaptaciones cinematográficas que han hecho de ellos. Diana no quería regalarle un ejemplar de "Blancanieves" o "La bella durmiente" y en cambio esperaba encontrar un cuento distinto, un cuento que no se sintiera tan viciado por la mercadotecnia, un cuento que le permitiera a su sobrina elaborar sus propias imágenes a medida que lo leía. Como maestra consideraba que la imaginación de un niño debía ser repotenciada como su mejor herramienta para desarrollar su inteligencia. Se encontraba hojeando con desinterés algunos ejemplares y reparando en que muchos de ellos se leían con dibujos acompañados de viñetas como si se trataran de historietas. Diana se dijo a sí misma:

—Demasiadas ilustraciones. ¿Por qué no acostumbrar a los niños, desde temprano, con la pulcra belleza de las palabras? Los acostumbran, en cambio, a leer con imágenes. Los acostumbran a no imaginar por sí mismos.

De pronto, su atención se vio atrapada por un libro con una portada marrón de apariencia arrugada, como si fuera de cuero, con una estrella dorada en vez de un título decorando su portada. Al abrirlo pudo leer de que se trataba: "Rumpelstilskin". No era un libro demasiado grueso y contaba la historia del enano que ocultaba su nombre y que le enseñó a una molinera cómo transformar la paja en oro para que pudiera convertirse en princesa, a costa de un precio muy doloroso. Diana sabía que no era una historia completamente infantil, pero también consideraba que los mejores cuentos de hadas son aquellos que les dan a los niños la valiosa lección de que la vida no es fácil y debemos hacernos responsables por las consecuencias de nuestras acciones y decisiones. Justo lo que buscaba, una historia de formación moral que pudiera acompañar a su sobrina a cualquier edad. Distraída, le echó un breve vistazo a su primera página, leyendo:

Había una vez, en un tiempo no tan lejano, un molinero que se jactaba de hacer la harina más fina de todo el reino...

—¿Encontraste algo? —preguntó Alex, interrumpiéndola en su lectura.

—¡Estás aquí! —Anunció Diana con un leve tono de ironía en su voz—. Sí, creo que he encontrado exactamente lo que estaba buscando.

Alex observó con curiosidad el libro de portada oscura, intrigado por el brillo de la estrella que lo decoraba. Diana caminó hasta la entrada para cancelar el precio del particular libro y seguidamente pidiendo que se lo envolvieran a modo de regalo. Prefirió no preguntarle nada para evitar incomodarla con alguna observación personal. Después de todo, se trataba de la sobrina de su esposa y no la suya. Cuando tuvieran sus propios hijos las cosas serían distintas y no podría invalidar su opinión. Justo cuando reflexionaba en esto un pensamiento ensombreció su semblante debido al recuerdo de un viejo y silencioso diagnóstico: "si es que logramos concebirlos." Mientras caminaban rumbo al estacionamiento del centro comercial, Diana se percató de la contrariedad que determinaba las expresiones en el rostro de su esposo y le preguntó:

—¿Te encuentras bien?

Alex trató de disimular lo que exteriorizaban sus pensamientos retomando su carácter bonachón y conciliador:

—Sí, solo me duele un poquito la cabeza. La migraña de siempre.

—¿Quedan pastillas en el carro? —preguntó Diana preocupada, a lo cual Alex negó con la cabeza. Diana seguidamente resolvió—: Al lado de la juguetería queda una farmacia. Vamos, antes de que empeore el dolor en casa de mi hermana. Y ya sabes que en esa casa están prohibidas las pastillas.

—No es tan grave —aseguró Alex, lamentándose internamente por su excusa.

—No nos tomará mucho tiempo ¡Vamos! —insistió Diana y Alex se dejó arrastrar a regañadientes de vuelta a la zona de la juguetería.

Alex, a sus 32 años, era un hombre dócil y poco dado a la violencia. A medida que pasaban los años se afianzaba su carácter sencillo y protector y todo el mundo mantenía una buena impresión de él, debido a su amabilidad y atractiva apariencia física. Su piel bronceada, aunada a su corpulencia gracias a su incansable rutina diaria en el gimnasio, atrapaba las miradas de todas las mujeres por donde quiera que pasara. A Diana le incomodaba un poco esa situación aunque le satisfacía no solo tener un esposo tranquilo y por lo general obediente, sino también muy guapo. Otra de sus virtudes era su voluntad de trabajo. Responsable y disciplinado, Alex se había destacado en su profesión como ingeniero civil. No obstante, a diferencia de la opinión general, a Diana le irritaba sobremanera la aparente falta de malicia de su esposo ya que cuando hacía una observación inocente no siempre tenía la suficiente sutileza para matizar sus impresiones. Finalmente, consiguieron el camino de regreso a la juguetería y, tal como Diana anunció, al lado se encontraba una farmacia. Disimulando su irritación, Alex le indicó a su esposa:

—Espérame aquí afuera. Yo me encargo.

Mientras esperaba a su esposo, Diana se distrajo viendo la vitrina exterior de la juguetería que minutos antes había visitado. Hasta que notó que detrás de ella se vislumbraba el reflejo de un hombre observándola. Sobresaltada se volteó y pudo notar que se trataba de un joven alto y desaliñado fumándose un cigarrillo, cuyo rostro le resultaba familiar. Tratando de ocultar su nerviosismo lo interpeló:

—Disculpe joven, ¿nos conocemos?

—Hace un rato usted entró aquí. Yo atiendo la juguetería, especialmente los fines de semana cuando mi jefe no viene.

—Ah, lo siento. No lo recordaba —le respondió Diana, algo inquieta. Aquel joven tenía una actitud extraña.

—No soy el tipo de persona que alguien se tomaría la molestia de recordar —aseveró el joven para luego añadir—: ¿No consiguió nada de su interés?

—Había muchas cosas interesantes —aseguró Diana tratando de no sonar muy petulante —, pero nada de lo que estaba buscando.

—Lástima —se lamentó el joven y luego señalando el paquete envuelto que llevaba bajo el brazo—. Espero que a su sobrina le guste lo que haya conseguido.

Sobresaltada y confundida, Diana enseguida preguntó:

—¿Cómo sabe que es para mi sobrina?

Al joven se le desencajó el rostro y respondió con un dejo de insolencia:

—Algunos tenemos mejor memoria. Usted misma lo anunció cuando entró a la juguetería —Luego, arrojó la mitad del cigarro en el suelo y, pisándolo para apagarlo, se dispuso a entrar nuevamente a la juguetería despidiéndose:

—¡Qué tenga un buen día, señora!

A Diana le desagradó su tono y se alejó de la juguetería un tanto ofendida porque era la primera vez que alguien le decía "señora" de manera tan despectiva. Pudo ver cómo el joven se perdía hasta el fondo de la juguetería con sus andares desgarbados. ¡Qué sujeto tan extraño!, pensó Diana. Seguidamente Alex salió a su encuentro alzando las pastillas y caminaron en silencio hasta el estacionamiento tomados de la mano, dándose a entender el uno al otro que se sentían a gusto estando juntos y dejando que sus respectivas contrariedades se diluyeran con ese cariñoso apretón.

* * *

—¡Feliz cumpleaños, Mina!

Diana y Alex entraron en la casa de Bárbara sin mucho protocolo, mientras su sobrina Mina corría hacia ellos para abrazarlos y saludarlos. A cierta distancia, Leo se acercó con calma y los saludó mientras Bárbara se aseguraba de poner el bolso de su hermana lejos del alcance de Mina y su insaciable curiosidad. Diana le extendió a Mina el paquete de cumpleaños con forma rectangular indicándole:

—Este regalo, mi pequeña señorita, no es para que juegues pero es un regalo que te acompañará cuando ya te canses de jugar. Esto es también como felicitación por tu rápido aprendizaje en la lectura. Con el tiempo descubrirás que leer es el mejor de todos los juegos.

Mina abrió el paquete con euforia rompiendo el papel de regalo y finalmente alzó el libro marrón. Curiosa, acarició la estrella dorada que engalanaba la portada y miró a su tía con curiosidad. Bárbara lanzó una pequeña carcajada añadiendo con un tono tajante:

—¡Ay, Diana! Tú y tus cosas raras. Porque eso es exactamente lo que una niña de cinco años quiere por encima de todos los juguetes del mundo: un libro.

Alex disimuló sus ganas de reír con el comentario de Bárbara y esta le guiñó un ojo, mientras que Diana observaba atentamente el rostro de su sobrina temiendo encontrar un rasgo de decepción que le diera a Bárbara y a su esposo Alex razones para burlarse de ella condescendientemente por lo que anticipaban, pero contrario a los que ellos esperaban Mina sonrió abrazando a su tía y diciéndole:

—¡Gracias, tía Di!

Diana suspiró aliviada al ver luego como Mina se echaba sobre un sofá para hojear el libro que su tía le había regalado. Como maestra de escuela para niños, Diana comprendía que muy probablemente Mina no leería aquel libro de inmediato ni en los días por venir, pero aquel cuento de hadas estaría allí esperándola cuando se sintiera aburrida de seguir jugando, o estuviera cansada, y muy probablemente la curiosidad acabaría ganándole para disponerse a leer un libro que podía considerar suyo. Leo, que era un niño de diez años bastante tranquilo y protector con su hermana, le dijo a su tía:

—Yo la ayudaré a leerlo.

—Gracias, Leo —le respondió Diana—. Dile que anote todas las preguntas que tenga y yo se las responderé cuando venga.

Leo asintió con su cabeza y se sentó frente al televisor de la sala para seguir jugando con el juego de consola que había detenido para saludar a los recién llegados. Leo era un niño que prometía ser un hombre muy alto en el futuro ya que su estatura actual lo destacaba por encima de sus compañeros. Era bastante enérgico, sobre todo cuando se trataba de practicar algún deporte, pero poco conversador, a diferencia de su hermana menor. Leo prefería decir palabras puntuales y directas cuando lo consideraba necesario para seguidamente volver a sus actividades personales. A veces, Diana se sorprendía que sus sobrinos fueran tan maduros y bien portados considerando la ligereza con que Bárbara se comportaba y tantas cosas que ella prefería desconocer pero intuía que aquellos dos niños ya habían visto dentro de esa casa. El padre de ambos había muerto antes de que Mina naciera debido a un accidente muy tonto pero fatal: se encontraba saliendo de un supermercado con Bárbara y le cayó encima un ladrillo flojo del edificio donde se situaba dicho establecimiento. Desde entonces, la vida de Bárbara y sus hijos estuvo determinada por esa tragedia. Con el paso de los años la depresión de Bárbara se acentuó con un periodo muy oscuro de su vida en el cual tomaba muchos antidepresivos, los mezclaba con alcohol y salía con un hombre distinto cada semana, la mayoría de ellos malos prospectos de pareja que la maltrataban. Fueron muchas las ocasiones en que Diana, cuando aún se encontraba soltera, debía cuidar de los niños en su casa hasta que un buen día cuando Leo fue golpeado por uno de los amantes de Bárbara, Diana interpeló a su hermana indicándole que debía hacerse responsable y mejorar su vida o ella misma se encargaría de quitarle a sus hijos en un tribunal.

Actualmente, ambas eran huérfanas de padre y madre. Su madre murió a los pocos días de haber nacido Diana, su hija menor, y desde entonces su padre las crió y veló por ambas hijas hasta el día de su muerte cuando comenzaban a ser unas mujeres adultas luego de un cáncer terminal, diez años atrás. Aunque Bárbara fuera la hermana mayor siempre se comportó de manera irresponsable y era Diana la que debía hacerse cargo cada vez que algo sucedía evitando que su padre se enterara. Eran muchas las memorias de complicidad y rencor que enlazaban a las dos hermanas y la relación entre ellas fue muy tensa hasta el día en que Bárbara se casó con un buen hombre llamado Leonardo, el padre de sus hijos, y su vida se transformó por completo. Fue en aquel tiempo como mujer casada y madre, que Diana y Bárbara lograron hacer las paces pero luego vino aquella tragedia y volvieron a apartarse un poco debido a las malas decisiones de Bárbara durante ese tiempo posterior al duelo por la muerte de su esposo. Ahora que Bárbara ya se encontraba rehabilitada, tras asistir a un régimen de visitas diarias de desintoxicación de fármacos y grupos de alcohólicos anónimos, y dejando de frecuentar hombres de mala calaña, las cosas parecían haber mejorado en su vida finalmente. Una vez más, estaban reconciliadas y en buenos términos. Ahora Diana era una mujer casada mientras su hermana era viuda, y había pasado casi un año desde la última vez que salió con un hombre; al menos que ella supiera y según lo que Bárbara decía. Se veía tranquila y calmada en su soledad, como nunca antes en mucho tiempo. Diana celebraba que, a pesar de todo el horror, su hermana había conseguido criar bien a sus dos hijos. Después de todo, quizá aquella era la recompensa luego de tanto dolor en la vida de su hermana y la promesa de que las cosas no serían sino mejores en el futuro.

Bárbara irrumpió en el salón anunciando:

—Ya la cena está lista. Diana, hazme un favor, búscale el suéter a Mina y ayúdala a ponérselo. El ambiente comienza a sentirse frío. Leo, deja de jugar y ven a comer.

Leo, a regañadientes, apagó el juego y caminó en dirección al comedor y Diana asintió observando a su hermana sonriente y entrando de vuelta a la cocina. A sus 32 años, era una mujer hermosa con su figura esbelta y atlética, un poco más alta que Diana, actualmente con el cabello teñido de rubio y andares seductores que enloquecían a los hombres. A veces se daba cuenta como su esposo, Alex, trataba de fingir que no se distraía viendo los senos prominentes y el trasero firme de Bárbara, pero siempre prefería no hacer mención de ello para evitar una discusión que no llevaría a ninguna conclusión satisfactoria. Se dispuso a obedecer a su hermana y subió a la habitación de Mina y Leo, encontrando el suéter de ella dentro del clóset. Seguidamente se distrajo observando la habitación y reparó en la pequeña mesa de dibujo de Mina donde descansaba un dibujo de su familia. Con trazos torpes e infantiles aparecía su madre y su hermano junto a ella frente a una casa, sonrientes, a cierta distancia de la casa un hombre y una mujer tomados de la mano que seguramente se trataba de una representación de ella y su esposo Alex. Lo inquietante del dibujo era que al otro extremo del dibujo, al lado de un árbol, aparecía un hombre o un niño representado con una boca minúscula en forma de línea recta, con el cabello negro y una letra "B" sobre su cabeza. Diana no supo a quién se refería y supuso que, quizá, se tratara de una representación del padre que nunca conoció. Con tristeza depositó nuevamente el dibujo en la mesita y bajó de vuelta a la sala, donde encontró a Mina de espaldas frente a la ventana cerrada en actitud contemplativa. Afuera, el espectáculo que ofrecía la puesta de sol era digno de verse. Diana se puso al lado de ella preguntándole:

—¿Qué ves, mi niña?

Mina señaló en dirección al gran árbol plantado frente a la casa declarando:

—Nos está viendo, él también quiere cenar.

Diana escrutó el paisaje crepuscular tratando de descubrir algo inusual pero todo lucía como de costumbre:

—¿De quién hablas, Mina?

—El guardián de los juegos —le dijo con una sonrisa en el rostro y luego halándola del brazo le pidió—: ¡Vamos a comer, tía Di!

Diana se arrodilló hasta su altura abrazándola y le señaló el suéter. Ya abrigada, rato después, Mina entraba al comedor jugando a que arrastraba a su tía llevándola de la mano. Ya todos sentado a la mesa, Bárbara anunció:

—Ahora sí, todos a comer. La torta de Mina nos espera.

* * *

—¡Cumpleaños feliz! ¡Cumpleaños, Mina! ¡Cumpleaños, feliz! ¡Sí! ¡Sopla las velas!

Luego de que cantaran el cumpleaños y picaran la torta de chocolate, cada quien disfrutaba su pedazo charlando animadamente en la sala. Leo alternaba su tiempo entre degustar el tercer pedazo de torta y el juego con controles. Mina saltaba de un lado a otro improvisando juegos individuales y haciendo uso de su imaginación. Alex descansaba en el sofá un poco adormilado. Diana se excusó por ambos:

—En el centro comercial, Alex ya tenía un ligero dolor de cabeza. Parece que empeoró.

—Yo no tengo pastillas para eso ni para nada —bromeó

Bárbara, lo que produjo un silencio incómodo entre ambas. Luego añadió:

—No te he contado, Diana. Comenzaré a trabajar la semana que viene.

Diana se emocionó enseguida al escuchar la noticia:

—Eso es excelente, Bárbara. ¿De qué se trata?

—Una agencia publicitaria. Finalmente algo acorde con lo que estudié.

Bárbara era licenciada en Comunicación y Publicidad, pero nunca tuvo una oportunidad de ejercer su profesión luego de la vida matrimonial, dos embarazos y los sucesivos acontecimientos posteriores. Ahora que la depresión y los conflictos personales menguaban ya era tiempo de retomar su vida y hacerla valer.

—¡Qué buena noticia! ¿Cómo es tu horario? Si necesitas que me haga cargo de Mina y Leo, o que los recoja en la escuela, yo me encargo —apuntó Diana.

—¡Seguro! Aunque creo que sí me dará tiempo. Trabajo justo durante las horas que ellos pasan en la escuela. En caso de que haya un proyecto que amerite mi presencia durante más tiempo, yo te aviso temprano. También podré pagarle a alguien para que se haga cargo. No sería la primera vez.

Continuaron hablando un buen tiempo hasta que el reloj marcó las diez de la noche y Bárbara le pidió a Leo que llevara a su hermana Mina a dormir. Ambos niños se despidieron de Diana y Alex, quien ya se encontraba repuesto de su leve migraña, perdiéndose escaleras arriba hasta su habitación. Diana y Alex compartieron una mirada y enseguida supieron que era hora de que ellos también se marchasen, y así lo manifestaron. Ya en la puerta de la casa se despidieron de Bárbara. Aún eufórica por la noticia, Diana volvió a felicitarla:

—Me contenta mucho que las cosas vayan bien en tu vida.

Esto es solo el principio de las cosas buenas que te esperan. No olvides nunca lo mucho que te quiero.

—Lo sé, Di. Pero ahora me doy cuenta que necesitaba escucharlo. Saber que puedes sentirte orgullosa de mí, como yo siempre me he sentido orgullosa de ti —le confesó Bárbara y unas tímidas lágrimas se asomaron en sus ojos.

Se abrazaron un buen rato hasta que finalmente Alex carraspeó, lo que logró el efecto de que se separaran entre risas y bromas, a la vez que se secaban las lágrimas con el dorso de sus manos. Sin importar las discusiones o los malentendidos, la hermandad entre ambas prevalecía por encima de cualquier infortunio. Ya en el carro, mientras Alex manejaba rumbo a su casa, Diana observó distraída como la casa era tragada por el espejo retrovisor sin saber que conservaría el recuerdo de aquella reunión como la última vez que vería a dos de los tres integrantes que allí vivían.

* * *

El reloj apenas marcaba la medianoche en casa de Bárbara y todos dormían plácidamente. Leo y Mina hace rato que dormitaban en la habitación que compartían con camas separadas, cada uno extraviado en sus ensoñaciones personales, mundos inaccesibles que apenas recordarían al despertar. Por su parte, Bárbara quería dormir de inmediato tras haber despedido a su hermana y asegurarse de que los niños ya estaban acostados. Pero, en cambio, hizo algo antes, tomando la decisión que quería llevar a cabo desde hace varios días atrás. Agarró su celular y marcó con determinación un número. Esperaría pacientemente en el auricular a que sonaran tres tonos luego de los cuales, de no haber respuesta, colgaría la llamada. Sin embargo, una voz atendió al segundo repique y ella contestó:

—Espero no haberte despertado.

Tras escuchar la respuesta que le dieron, Bárbara sonrió para seguidamente confesar:

—Sí, lo he estado pensando. Y es lo que quiero.

Pausa larga. Su interlocutor, aparentemente, tenía mucho por decir. Bárbara siguió correspondiendo con respuestas:

—Es cierto. No hay que esperar más.

Otra pausa, pero corta. Bárbara respondió entre suspiros:

—Yo también te quiero. Mucho.

Su interlocutor se despidió y Bárbara le correspondió:

—Eso quisiera. Ojalá estuvieras aquí. Hasta luego.

Flotando en una nube de ilusiones y esperas, Bárbara apartaba el celular luego de haber colgado la llamada, pensando en lo maravilloso que lucía su futuro. Su vida estaba tomando un rumbo distinto, hacia mejores circunstancias. Una nueva vida estaba a punto de comenzar, una vida en la cual no faltaría la felicidad. Apenas le dio tiempo de cepillarse los dientes y ponerse la bata de dormir, cuando al reposar la cabeza sobre la almohada enseguida se durmió. Desde hace unos meses lograba dormir muy bien en comparación con los años de insomnio y depresión que espantaban su sueño, a menos que lo ayudara a aparecer con la intervención de las pastillas que ingería para sentirse menos triste y más agotada. Pero ese tiempo quedo atrás y las cosas mejoraron notablemente en el transcurso de los últimos meses. En dos días comenzaría su nuevo trabajo y se integraría a un tipo de vida que hace tiempo desconocía, una vida capaz de ofrecerle estabilidad y paz mental. Satisfecha con el sueño profundo propio de los niños o de quienes ya no deben nada, roncaba levemente mientras su pecho se movía lentamente con cada respiración. Dentro de aquella casa nadie hubiera podido darse cuenta que una cuarta persona extraña se escabullía dentro de la casa, irrumpiendo silenciosamente a través de la ventana que daba en dirección a la sala, a la cual no le pasaron el cerrojo de seguridad aquella noche. Oculto con una capucha y enfundado con unos guantes negros, la sombra de un hombre alto se confundía con la noche circundante recorriendo con cautela los pasillos del piso inferior de la casa. Si se hubiera tratado de un ladrón sus movimientos hubieran sido más rápidos y directos en su objetivo. En cierto modo sí lo era, pero no el tipo de ladrón que se introduce dentro de una casa para robar objetos de valor evitando que alguien lo encuentre, sino uno mucho peor dispuesto a todo para llevarse lo que tanto anhela. El portador de esa sombra dudosa se mantuvo quieto en el centro de la sala un buen rato, indeciso sobre su próximo movimiento, y le llamó la atención el brillo de algo depositado en el suelo. Al recogerlo enseguida notó que se trataba de un libro y que aquel brillo lo despedía el dibujo de una estrella que decoraba la portada. Lo hojeó durante unos segundos para luego guardárselo dentro de su abrigo y proseguir con su misterioso recorrido. Avanzó sin prisa hasta la escalera que conduce al segundo piso, donde se encontraban las habitaciones y observó atentamente el entorno imaginando mentalmente sus futuras acciones antes de ejecutarlas. En su mano empuñaba un objeto filoso que extrajo de la cocina y se dispuso a subir poco a poco cada uno de los diecisiete escalones que componían la escalera evitando causar cualquier ruido. Abrió una de las habitaciones y se introdujo en ella. Era el cuarto de Bárbara, quien dormía en su cama revuelta con una pierna sobresaliendo fuera de la cobija. Se veía seductora y provocativa, en aquella pose involuntaria. El intruso se situó al pie de la cama observándola y valiéndose del cuchillo removía las sabanas para echar un mejor vistazo de su cuerpo. En algún momento rozó la pierna de Bárbara con el filo frío de su cuchillo, como si la acariciara. Posteriormente la sombra del arma se alzaba en dirección a su rostro pero se detuvo. El intruso enseguida, movido por quién sabe qué tipo de pensamientos, decidió abandonar la habitación mientras ella permanecía sumida en el mejor de los sueños. Ahora, el intruso se encontraba en la habitación de los niños. Ignorando la cama de Leo, se dirigió sin un asomo de duda hacia la esquina de la habitación donde dormía la pequeña Mina. Guardó el cuchillo dentro del bolsillo de su pantalón y con su mano enguantada acarició el cabello y el rostro de la niña, con un gesto de dulzura. La observaba como un padre que se complace velando por el sueño de su hija. De pronto, la niña despertó y enseguida lo reconoció:

—Sabía que vendrías.

El intruso le puso un dedo en su boquita indicándole que guardara silencio. Luego hizo un movimiento raudo para sacarla de la cama y llevársela en brazos fuera de la habitación, pero justo cuando iba a traspasar el umbral de la habitación un grito lo detuvo:

—¿Quién eres? ¡Suéltala!

Se trataba de Leo, quien despertó y, sin esperar respuesta, se abalanzó sobre el intruso, al tiempo que este depositaba a Mina en el suelo, sintiendo como Leo se colgaba a su espalda. El intruso se desembarazó como pudo tras una maniobra torpe y sosteniendo a Leo por el cuello lo estranguló. Mina comenzó a llorar y se escucharon unos pasos corriendo en dirección a la habitación precediendo una voz de mujer que clamaba:

—¿Qué ocurre? ¿Por qué gritan?

Se trataba de Bárbara y sin esperar que ella llegara a la habitación de los niños el intruso soltó a Leo y corrió enseguida fuera de la habitación sintiéndose acorralado. Se tropezó directamente con Bárbara y, movido por la adrenalina, la empujó hacia las escaleras hasta hacerla caer de espaldas. El intruso se devolvió para recoger a Mina y llevársela. Leo tosía pero envalentonado por el grito de su madre al caer corrió veloz hacia las escaleras donde el intruso lo esperaba en el piso de abajo. Pudo ver su cuchillo lleno de sangre y su madre a los pies de aquel hombre desangrándose por el cuello. Asustado, corrió escaleras arriba pero fue alcanzado rápidamente por el intruso quien lo haló por los pies, haciéndolo caer de bruces. El intruso se puso encima de Leo para volver a estrangularlo con sus manos, mientras este, tratando de zafarse, logró quitarle la capucha lo que hizo que lo soltara por unos segundos. Sorprendido, su mirada de reconocimiento mezclaba el horror con la rabia en su semblante y se atrevió a gritarle sus últimas palabras:

—¡No te la vas a llevar!

Sin concederle mayor tregua a nuevos gritos, el intruso hizo un corte limpio en la garganta del niño, quien se derrumbó escaleras abajo casi a la altura de su madre. Antes de que Mina corriera a comprobar lo que sucedía, el intruso subió nuevamente las escaleras para alzarla en sus brazos y correr en dirección a la puerta de la casa, susurrándole al oído:

—No temas, pequeña Mina. El guardián de los juegos nunca abandonará a su princesa.

CAPÍTULO 3

Hay horas oscuras que quisiéramos saltarnos para quedarnos únicamente con el recuerdo de lo ocurrido, pero queriendo evitar la experiencia de vivirlos. Nunca estamos preparados cuando la tragedia cae como un fardo pesado sobre nuestras espaldas y nos obliga a cargarlo cuesta arriba hacia el barranco destinado a recibirnos. Los trances más amargos tejen su mortaja en silencio y nos obligan a quitarnos la venda, esa que siempre ponemos sobre nuestra consciencia aficionada a creer en un mejor mañana, devolviéndonos a la cruda realidad de nuestra existencia: las vidas son tan frágiles y a nadie se le ha concedido el privilegio de esquivar su destino.

Diana aguardaba fuera de la casa de su hermana mientras los policías acordonaban el perímetro y se disponían a interrogar a curiosos, transeúntes y vecinos. Observaba distraída la casa familiar, adonde sus padres concretaron sus proyectos de ser felices y formar una familia. La casa que fue testigo del luto para toda la vida de un hombre afligido por la muerte de su esposa, un padre viudo haciendo lo mejor que podía para que sus hijas fueran felices. Y vaya que no hizo un mal trabajo, a pesar de todo. La casa donde ella y Bárbara dieron sus primeros pasos y aprendieron que la vida era dura, incluso en aquellos sitios donde el amor nunca falta. La casa donde su hermana perdió la virginidad a escondidas de su padre mientras ella vigilaba que no llegara a la casa, sin entender muy bien lo que estaba ocurriendo. La casa que un día decidió abandonar a los 18 años porque no soportaba seguir viviendo en un ambiente viciado por los malos comportamientos de su hermana y la pasiva tristeza de su padre, meses antes de que le diagnosticaran el cáncer. Desde entonces fue una mujer independiente valiéndose por su cuenta, que obtuvo un título universitario antes que su hermana y trabajó incansablemente para costearse sus estudios y, luego, para mantener una vida digna trabajando como maestra. En esa casa murió su padre y fue llorado, y en esa casa luego creció la próxima generación llena de promesas y esperanzas capaces de aliviar las heridas del pasado. ¿Cuántas cosas no habrán visto las paredes de esa casa posteriormente? Un breve y dichoso matrimonio marcado por la tragedia. Una seguidilla de amantes violentos entrando y saliendo de la vida de su hermana, ensanchando la huella oscura del dolor dentro de la casa de sus padres. Tantas cosas que desconocía y que ahora desembocaban en funestas conclusiones. El reloj de su celular marcaba las 6:00 a. m. y el día apenas despuntaba con un rastro de aurora tiñendo de púrpura el cielo, como si se tratara de un reflejo vívido de la sangre derramada unas horas antes. Como aletargada y ajena a lo que sucedía alrededor de ella, Diana confiaba en que lo que estaba sucediendo formara parte de una pesadilla de la cual pronto despertaría. Aún no sacaban los cuerpos, pero ya la escena del crimen y las víctimas habían sido confirmadas. Minutos antes, al llegar junto a su esposo Alex, el rostro de los policías confirmó sus peores sospechas y se derrumbó a llorar amargamente arrodillada frente a la casa de su hermana, a cierta distancia del perímetro que impedía el paso. Solo restaba el reconocimiento de los cadáveres en la morgue. Sin embargo, Diana no quería escucharlo. Fue su esposo Alex quien le trajo el vago reporte de la escena del crimen, conminado por los policías que lo interrogaban y que le pidieron convencer a su esposa para que los acompañara hasta la morgue y cumplir con todas las formalidades pertinentes. Sin saber cómo empezar, Alex se acercó hasta ella y simplemente la abrazó. Permaneciendo de esta manera, cada uno en los brazos del otro y sin verse a los ojos era mucho más fácil formular las preguntas que no querían hacerse y dar las respuestas que acabarían matando todas sus esperanzas:

—¿Sobrevivió alguien?—preguntó Diana sin preámbulos y apretando con fuerza los brazos de su esposo con los ojos cerrados.

—No hay rastro de Mina, por ninguna parte —respondió Alex sin soltarla.

Diana inspiró profundo, como si pudiera haber una razón de alivio, una porción mínima a la cual aferrarse para no caer en el hondo abismo del desconsuelo. Pero incluso aquella noticia se encontraba empañada por la incertidumbre: "desaparecida" era preferible a estar "muerta", pero seguía siendo una categoría peligrosa porque no excluía la posibilidad de que ambas cosas fueran compatibles. Sin embargo, ya habría tiempo para pensar lo peor. En aquel instante, la desaparición de su sobrina era la noticia menos grave y la que ofrecía un raro consuelo frente a la verdad que aún no se atrevía a anunciar y que Diana sintetizó con su siguiente pregunta, tras otro suspiro lento y profundo:

—¿Mi hermana? ¿Leo? ¿Es definitivo?

A duras penas, Alex pudo responderle:

—Sí. Ya nada puede hacerse.

—¡Ya no están!¡Ya nunca volverán a estar! —sollozó Diana y no pudo seguir resistiéndose. Su cuerpo se derrumbó en los brazos de Alex, llorando amargamente aquello que ya no podía revertirse. Evitando que cayera al suelo, Alex se arrodilló junto a ella sin ceder en su abrazo. No necesitaban darse palabras de ánimo ni palmadas reconfortantes en la espalda. Sobraban las consignas falsas en su intento de consolarse. Lo que había ocurrido era horrible y no existía un nombre correcto para mencionarlo ni mucho menos un consuelo apropiado. En su hora más oscura era justo llorar por quienes ya no podrían defenderse. Se lloran a los muertos para que de alguna forma se mantengan vivos, para recordarnos lo importante que fueron. Se llora también por los que quedan, por los vivos, quienes deben aprender a vivir con el recuerdo de sus muertos. Diana quería quedarse allí en el pavimento, en brazos de su esposo hasta que se sintiera lo suficientemente cansada para no seguir pensando en el dolor, no solo el suyo sino el de su hermana y su sobrino en sus horas finales, indefensos, a merced de un monstruo cruel y sanguinario.

—Lo atraparemos, Diana —afirmó Alex adivinando los pensamientos de su esposa y reiterando luego—: Esto no quedará impune. Sea quien sea que haya hecho esto, pasará todos los días de su vida tras las rejas de una prisión.

Diana abrió los ojos y se zafó del abrazo de su esposo para verlo a la cara, atormentada por un inevitable pensamiento:

—Mina, mi pequeña niña. Tenemos que encontrarla, Alex. Estamos perdiendo tiempo.

Temblorosa, comenzó a gritar el nombre de su sobrina y Alex pudo anticipar que su esposa estaba a punto de sufrir un ataque de nervios. Intentó calmarla sujetándola por los brazos para que reaccionara y, viéndola fijamente a los ojos, con determinación le prometió:

—Mina estará bien. La encontraremos y juntos le daremos la vida que se merece. Vamos a superar esto. Te lo juro.

Por un momento, el fulgor en la mirada de su esposo le hizo creer en la verdad de sus palabras sin un asomo de duda. Su determinación era un leve bálsamo para su alma devastada por la pérdida. Nunca agradecería lo suficiente aquel momento. Apenas alcanzaba a asentir con su cabeza, desorientada y deshecha. Lentamente se reincorporaron, pero

Alex siguió sosteniéndola como su bastón. Diana veía la casa de su hermana rodeada de policías y cubierta de cintas amarillas que impedían el paso de cualquiera que no fuera un oficial autorizado. Al cabo de un rato, uno de los policías se acercó a ellos. Alex le apretó la mano y esta le devolvió el gesto de igual manera indicándole, sin necesidad de decirlo, que estaba preparada. El policía fue directo al grano, solicitando con un tono rudo su demanda, sin concesiones al dolor de Diana, acostumbrado a la tragedia como quien se habitúa a tomar el mismo desayuno todas las mañanas porque es lo más fácil de hacer:

—Necesitamos que nos acompañen a la morgue para reconocer los cuerpos.

* * *

—Escuchamos varios gritos a altas horas de la noche. Yo le comenté a mi esposo: "Una niña está gritando" —declaró la vecina de una casa aledaña.

—No es la primera vez que escuchábamos un escándalo de esas proporciones dentro de aquella casa —aseguró otro vecino—. Ya no valía la pena preocuparse.

—Como presidente de la Junta Residencial, hace un tiempo visité esa casa con un grupo de vecinos e interpelamos a la propietaria sobre su conducta y las quejas que muchos de nosotros teníamos por los ruidos y gritos en la madrugada. Ella nos sacó de su casa, hecha una furia. Pero nos hizo caso durante un buen tiempo. Hasta que sucedió lo de anoche.

—Siempre discutimos que algo así ocurriría. Mi esposa y yo, preocupados por los niños, nos atrevimos a acercarnos una vez a la casa de esa mujer para preguntar si todo estaba bien. Era una de esas ocasiones, como la de ayer, en la que se escuchaban gritos y hasta golpes. En cambio, durante aquella otra ocasión, nos abrió la puerta un hombre casi desnudo con tatuajes en el cuerpo diciéndonos que no nos metiéramos en lo que no debía importarnos.

—¿Cuándo ocurrió eso? —preguntó Justo Ramírez, policía y detective profesional en el área de homicidios.

—Hace dos años. Pero eso quiere decir que esta no es la primera vez...

—Pero en los últimos meses, ¿sucedió algo parecido a lo que me cuentas? —inquirió el detective interrumpiendo a un señor de 60 años, también vecino de la difunta.

—No que yo recuerde. Pero, como puede ver nadie cambia por mucho tiempo. Los malos hábitos siempre regresan.

—¿Y qué entiendes por eso en este caso particular? ¿Cuáles eran los malos hábitos de su vecina?

—Para nadie era un secreto que tenía problemas con la bebida. Quizá se drogaba. Desde que su esposo murió no fue la misma. Hombres distintos pasaban por esa casa como si fueran los propietarios. Nada bueno saldría de eso, eventualmente. Ella... Ella...

—¿Se lo buscó? ¿Se lo merecía? ¿Es eso lo que quiere decir? —contraatacó enseguida Justo, con una mirada implacable en su rostro.

—No, exactamente. Pero usted entiende —se excusó el vecino—. Ya interrogó a mi esposa y a otros vecinos. Todos deben haberle dicho lo mismo.

Justo Ramírez se quitó los lentes correctivos de su cara y se estrujó los ojos. Tras una larga serie de interrogatorios escuchando las mismas respuestas llenas de prejuicios y satisfacciones veladas, se sentía exhausto. Casi al colmo de su paciencia, le respondió a este hombre tal como hizo con otros de los vecinos que pasaron por su escrutinio:

—Bien lo adivinas. Y, con todo respeto, todas esas respuestas no hablan muy bien de ninguno de ustedes. Las personas tienen una idea concreta de lo que está bien y lo que está mal. Para muchos ser una persona frágil en un momento de crisis y debilidad significa convertirse en objeto de juicios y acusaciones. Pero lo que realmente está mal es el asesinato que ocurrió en esa casa. Dos inocentes muertos y una niña está desaparecida. Todos hemos tomado malas decisiones en nuestras vidas, todos tenemos momentos en los cuales nos dejamos arrastrar por un vicio o una forma de escape de nuestra horrible realidad y nos hacemos mucho daño. A veces ese daño se extiende a quienes queremos por encima de cualquier persona en este mundo. Pero lo que nos diferencia de los asesinos, al menos así debería ser, es la compasión, es entender que nadie se merece un final como ese. Y sí, todos me han dicho lo mismo. Y me preocupa mucho lo que escucho. ¿Sabes cómo se comportan muchos asesinos? Creyéndose por encima de la justicia de los hombres, dispuestos a dar el castigo que consideran que alguien se merece. Si no somos mejores que aquellos que son capaces de cometer atrocidades como esa, entonces ¿qué estamos haciendo con nuestra humanidad?

El anciano lo miró con una expresión de confusión y miedo en su rostro, sintiéndose acusado de algo, y trató de balbucear algún tipo de respuesta, pero Justo le evitó el mal rato y le indicó la salida amablemente mientras le decía:

—Gracias por venir. Ya has colaborado lo suficiente con nosotros.

Mientras el testigo abandonaba la oficina, Justo se acariciaba las sienes releyendo los testimonios tempranos de vecinos y familiares. Justo era un hombre de 36 años cuyo rostro adusto daba la sensación de que tenía mayor edad, en parte debido a los años de oficio y todas las cosas horribles que había presenciado como detective. Alto y de piel morena clara, Justo transmitía seguridad y respeto por donde quiera que pasara. Sus compañeros de oficio lo tomaban como uno de los oficiales más trabajadores y comprometidos de la comisaría, llegándose a convertir en poco tiempo en el jefe de su departamento. Sus superiores amparaban cada una de sus decisiones, incluso las más graves, porque había demostrado tacto y buen tino para resolver aquellos casos que se consideraban difíciles en tiempo récord. El instinto de Justo casi nunca fallaba, como si tuviera un olfato especial para adivinar los móviles detrás de cada crimen y lograr descubrir un culpable a partir de sus certeras deducciones. Apenas habían transcurrido 12 horas desde que los cuerpos hubieran sido reconocidos por la hermana y tía de las víctimas y en aquel instante ambos cadáveres descansaban en un ataúd para las formalidades propias del velatorio. Por regla general, y además por cortesía con los dolientes, Justo asistiría aunque no sabría cómo enfrentaría el rostro de Diana ansioso por respuestas. Ella era la maestra de su hijo y por esa razón se ofreció como investigador principal del caso, lo cual fue aceptado sin impedimentos por sus autoridades inmediatas. A su cargo correspondía la responsabilidad de descubrir al implicado o implicados en tan trágico acontecimiento, además de ubicar el paradero de la niña desaparecida. No solo se trataba de un nuevo caso con el cual demostraría su profesionalismo y compromiso con su trabajo, sino también la siempre satisfactoria posibilidad de hacerles justicia a las víctimas y evitar que el crimen acrecentara su impacto. Era necesario encontrar a la niña, dondequiera que estuviera. Sospechaba que la niña era la clave para localizar al culpable. Pero no sabía de cuánto tiempo disponía antes de que ocurriera algo peor. Cada minuto que pasaba significaba un paso adelante para el culpable y una oportunidad para que se saliera con la suya. Y, peor aún, el tiempo perdido lo confrontaba con la posibilidad de que fuera muy tarde para que Mina sobreviviera. No debía permitírselo. Justo no apartaba de su mente el momento en que Diana fue conducida a la morgue en su presencia para identificar los cadáveres. El rostro pálido y los ojos hinchados por el llanto, su asentimiento con la cabeza devolviéndole la mirada con un rostro bañado en lágrimas y sediento de justicia. Muriéndose por dentro pero sin desmayarse, así lucía ella, y Justo admiró la fortaleza interior que sostenía a Diana y enseguida le prometió:

—Atraparemos al culpable y conseguiremos a su sobrina, confíe en nosotros.

Posteriormente Justo la condujo a su despacho, más que para interrogarla para hablarle del caso y darle sus primeras impresiones, no sin antes hacerle preguntas de rigor. En ese tiempo Diana le habló de la relación que tenía con su hermana, de sus peleas y reconciliaciones, de sus pequeñas tragedias, de sus duelos y melancolías humanas, del futuro esperanzador que le esperaba a Bárbara y sus sobrinos cuando todo lo peor ya parecía haber quedado en el pasado y de su imperiosa necesidad de saber el paradero de su sobrina para hacerse cargo de ella y darle la vida que le negaron a su madre y su hermano:

—Tengo miedo de que sea demasiado tarde —le confesó Diana—. ¿Quién pudo habérsela llevado? ¿Quién tendría razones para hacerle eso a mi hermana? Sigo sin comprender, por más que lo intento.

Con un tono comprensivo, Justo le dijo:

—Tratamos de explicar las cosas a partir de sus razones. Y, ciertamente, no hay razones que justifiquen el horror. Es un caso difícil porque en los últimos meses la víctima no mantenía contacto con nadie. Quizá tenemos que rastrear mucho más atrás en el pasado, averiguar el paradero de las personas que frecuentaba y evaluar minuciosamente sus rutinas diarias. A veces el más mínimo detalle es decisivo. En estos casos los sospechosos provienen de los lugares más inesperados. Alguien muy próximo o alguien que te ve todos los días pero no es tan cercano. Algún extraño que se siente parte de tu vida solo porque te ve a diario.

—Mi hermana tiene un pasado —terció Diana—. Bueno, todos lo tenemos. Pero hubo momentos muy conflictivos en su vida en los cuales se relacionaba con personas problemáticas. Sin embargo, tengo un pálpito de que hay algo por encima de eso, un misterio que no logro comprender. Ella era muy reservada con su vida íntima. Al menos conmigo. Ella temía que yo la juzgara muy duro o que nos separáramos nuevamente. Y la peor parte de eso es que yo nunca la juzgué. Solo deseaba lo mejor para ella y para mis sobrinos. Solo quería asegurarme de que eran felices.

—Yo también sospecho, y los años de experiencia me avalan, que las respuestas no son tan obvias como parecen. El pasado nunca es tan grave como nuestro presente ni tan decisivo como muchas veces nos engañamos. Lo que sea que haya ocurrido debe rastrearse a partir de su situación actual. Quizá nos toque indagar en el pasado mientras ese presente no nos ofrezca pistas concluyentes. Trate de pensar en cualquier cosa que pueda servirnos. Algo que ella o sus hijos hayan dicho, alguna mención de otra persona que quizá usted desconociera, pero que formaba parte de sus vidas. Porque si de algo estoy seguro es que sea quien fuera el perpetrador de los asesinatos, no era un desconocido para ellos ni, particularmente, para la pequeña Mina de quien no encontramos rastro de sangre o algo que indicara que a ella también la hubieran herido de alguna manera. Quizá su móvil era el secuestro y los asesinatos solo fueron un medio para lograr su objetivo. Por eso estoy convencido que, dondequiera que se encuentre, a ella no le han hecho nada malo. Ella es la clave de todo y quizá la motivación principal de este asesino. Si eso es así, esta persona lleva tiempo formando parte de sus vidas y planificó sus acciones con anterioridad.

Justo recordaba la mirada de perplejidad en el rostro de Diana cuando le expuso sus primeras hipótesis y ella asentía con la cabeza esforzándose por recordar cualquier cosa que pudiera aclarar lo ocurrido. Recordaba también que una sonrisa se dibujó en su rostro, una sonrisa llena de pena pero con visos de esperanza mientras declaraba:

—¡Lo sabía! ¡Mina tiene que estar viva!

—Tómeselo con calma —le aconsejó Justo—. Es solo una hipótesis. Pero es un escenario probable que no descartaremos. Descanse su mente y ponga en orden sus pensamientos. Cualquier cosa que se le ocurra, cualquier idea que usted considere pueda servirnos de ayuda para el caso, no dude en llamarnos. Ninguna información es tan insignificante como parece. Todo puede estar conectado de maneras extrañas que a primera vista no alcanzamos a ver.

—Pensaré en ello, oficial Ramírez —le aseguró Diana y luego se le aguaron los ojos cuando le dijo—: El funeral será mañana.

—Llámeme Justo. Después de todo, eres la maestra de mi hijo. Allí estaré. Piense en su sobrina, la recuperaremos.

Justo no olvidaba el abrazo que le dio a Diana antes de despedirla, sintiendo su cuerpo tembloroso como un náufrago a la deriva buscando cualquier objeto sólido al cual asirse. Ahora, luego de todos los interrogatorios iniciales no quedaba mucho tiempo para un descanso. Pasaría por su casa y trataría de dormir un poco. Le esperaba un funeral. Enseguida pensó: ¿Qué mundo tan raro era aquel en el que una persona lucía sus mejores galas para contemplar y lamentar a los muertos?

* * *

Caían unas pocas gotas de agua y el cielo presentaba un aspecto nublado y deprimente, como si allá arriba también estuvieran de luto lamentándose por el alcance de la crueldad humana. Diana agradecía la misericordia con la que el cielo la acompañaba en su dolor. Era incapaz de borrar de su cabeza el recuerdo de los cuerpos descansando a pesar de haberlos visto una sola vez en sus urnas, tiempo después de contemplarlos sobre las frías planchas metálicas de la morgue. A Diana le costaba conciliar ambas imágenes pero le impresionaba particularmente los cuerpos arreglados y maquillados, como invitados de gala para una ceremonia en su honor. Ya sin moretones o brotes de sangre, sino con esa delicada y limpia palidez de los muertos embalsamados. ¿Estaban en paz? Diana, por un momento, sostuvo la rara esperanza de imaginar que la muerte se resumía a un camino de serenidad y dicha para aquellos que parten. Porque solo los vivos sufren lo que los muertos ya no lamentan. Ella, en cambio, seguía viva y alejada de cualquier perspectiva de paz y tranquilidad para el resto de sus días, mientras durara la incertidumbre sobre el destino de su sobrina Mina.

Diana había salido al exterior, fuera de la capilla funeraria para tomar un poco de aire fresco. Las horas corrieron con lentitud tras una larga vigilia nocturna de oraciones y sentidos pésames obligatorios por parte de vecinos, padres de los niños a los que daba clases y unos pocos primos lejanos que hacía tiempo no veía en representación de tías demasiado viejas para llegar hasta allá y que nunca fueron figuras de encuentros frecuentes para su pequeña familia. De cierta manera, Bárbara y su hermana solo se tenían la una a la otra como única familia. Ahora solo quedaba Diana. "Mina y yo", se recordó Diana a sí misma, prohibiéndose a cada instante el mínimo descuido de olvidarlo. A lo lejos, al otro extremo de aquel lugar, reconoció la figura de su esposo Alex caminando a su encuentro con una taza de chocolate caliente. Cuando finalmente llegó hasta ella, se la ofreció y ella la sostuvo soplando su contenido antes de beberlo. Su esposo dijo lo primero que se le ocurrió, con esa manera particular de hablar que tienen las personas durante los funerales, cubriendo el silencio con las cosas más triviales para darles a entender a quienes sufren que no se encuentran solos.

—Ya amanece —anunció Alex.

—Se cumple un día —sentenció Diana—. Un día sin ellos. Un día sin Mina.

—Es rudo, ¿cierto? —soltó Alex, incapaz de darle falsas palabras de consuelo.

—Es la peor sensación del mundo —aseguró Diana—. Seguir estando de pie, porque no existe otra alternativa, pero derrumbándote lentamente.

Su conversación se vio interrumpida por la intempestiva llegada de una periodista y su equipo de trabajo corriendo en dirección a Diana y su esposo. Confundidos ambos se miraron sin saber cómo reaccionar cuando escucharon:

—¡Es ella! Alcen la cámara por acá y arreglen este micrófono —ordenó la periodista para luego alcanzar a Diana y, plantando un micrófono frente a su boca, le preguntó:

—¿Es usted la hermana de la víctima? ¿Considera usted que los asesinatos ocurridos fueron la venganza de un amante celoso?

La confusión de Diana se transformó en rabia sintiendo la amenaza de la cámara apuntando sus caras. Alex intentó llevársela lejos de los periodistas pero ella se limitó a gritarles:

—¿Con qué derecho irrumpen de esta manera? ¡Respeten el dolor ajeno!

—¡Detengan la grabación! ¡No tienen permiso para entrar en un evento privado! —anunció una voz jadeante que corrió hasta ellos segundos antes, para luego anunciarles a los periodistas con su placa oficial en la mano:

—Soy Justo Ramírez, detective y jefe del Departamento de Homicidios. Les pido que abandonen el lugar inmediatamente antes de que tengamos que tomar medidas drásticas.

La periodista no iba a dejarse amedrentar pero los camarógrafos y equipo técnico se dispusieron a dejar el lugar cuando vieron que se acercaban otros dos oficiales para secundar a Justo. Al verse abandonada, comprendió que no debía permanecer allí y se fue enseguida, no sin antes aseverar:

—¡Nos veremos pronto!

Una vez que la periodista y su equipo se perdieron de vista, Justo se volteó en dirección a Diana y Alex preguntándoles:

—¿Todo bien? Esas escorias. Quieren explotar las tragedias a cualquier costo para asegurarse de tener algo con que alimentar a su audiencia hambrienta de carroña.

Diana, aún molesta, prefirió entrar a la capilla, mientras su esposo Alex respondía por ellos:

—Gracias, oficiales. Nos salvaron de ese infame espectáculo.

Una vez dentro de la capilla, y con las primeras luces de la mañana, ya era hora de conducir los ataúdes rumbo a sus tumbas para culminar el funeral. A la cabeza marchaban unos cuantos hombres cargando los ataúdes hasta el lugar predestinado para albergarlos, siendo Alex y Justo algunos de los voluntarios que se ofrecieron para emprender dicha tarea. Diana iba a la cabeza de la comitiva sosteniendo un ramo de azucenas, las flores predilectas de su hermana, y caminando sin prisa para el cumplimiento final del rito. Porque de eso se trataba, un ritual para despedir a los seres amados, un ritual para confirmar su recuerdo en nuestros corazones, para alzarnos por encima del olvido a pesar del polvo que somos y el polvo al que volveremos convertidos. A medida que avanzaba, su mirada se perdía con la visión del horizonte. Fuera de la capilla de velatorios se encontraba el pequeño cementerio, un lugar apacible rodeado de árboles y con la grama de un color verde resplandeciente creciendo sobre las tumbas pero sin cubrir las lápidas gracias al mantenimiento que hacían de ellas. Era un lugar bien cuidado, acorde con su función: un espacio para el descanso eterno. Distraída con la contemplación del espacio, Diana se vio asaltada de repente por un raro presentimiento. Se sentía observada y miró a su alrededor más allá de la comitiva que caminaba en dirección a las tumbas que ocuparían Bárbara y Leo, pero no encontró nada extraordinario fuera de la serena soledad en contraste con el feo temporal que ofrecía el cielo nublado, aun a pesar de que la llovizna hubiera cesado. Probablemente, la sensación se debiera al cansancio, así que siguió avanzando hasta llegar a las lápidas bajo las cuales se apreciaban dos sendas fosas sin ocupar. Un escalofrío corrió por su espalda acompañando un pensamiento mudo: "Así termina todo." Los ataúdes fueron depositados con delicadeza en sus respectivas fosas. Antes de proceder a bajarlos, un sacerdote se situó frente a los asistentes, invitándolos a guardar silencio para ofrecer unas últimas palabras de reflexión y esperanza:

—En tiempos oscuros solo Dios nos salva. Muchas veces

no entendemos sus designios, pero no debemos intentar comprender lo que nuestros limitados sentidos son incapaces de abarcar. Sin embargo, la invitación que nos hace Dios cada día de nuestras vidas es a confiar en el inmenso amor que nos tiene, un amor que no dudó en sacrificar su regalo más preciado: su hijo, Cristo, cuyo nombre es capaz de sanar nuestros corazones en las horas más difíciles. Nunca hay palabras apropiadas para despedir a quienes amamos. Solo con el tiempo aprendemos a aceptar que nuestro tránsito por la tierra es pasajero. Pero no dejen que la esperanza sucumba con nuestros muertos, porque ellos solo han despertado a una nueva vida en el seno de Dios y guiados por el inconmensurable amor de su hijo, Jesucristo. Hoy despedimos a dos inocentes, Bárbara y su hijo, Leo. Juntos emprenderán este nuevo viaje hacia la vida eterna. Nos corresponde a nosotros alzar nuestras plegarias para que la oscuridad acabe y para que prevalezca la justicia divina. Hoy más que nunca comprendamos que solo la luz puede apartar las sombras, que a través de la verdad conquistaremos la justicia y que el bien es la última respuesta cuando el mal intenta desviar todas las preguntas. Llamo a todos los presentes a escuchar la palabra del Señor, la plegaria matutina del justo tal como puede leerse en su Salmo 5: *Señor, escucha mis palabras, atiende a mis gemidos; oye mi clamor, mi Rey y mi Dios, porque te estoy suplicando. Señor, de madrugada ya escuchas mi voz: por la mañana expongo tu causa y espero mi respuesta.*

Las palabras del sacerdote caían como bálsamo en el alma de Diana, quien escuchaba atentamente su contenido apretujando las azucenas que cargaba consigo. De pronto, su mirada se posó en un árbol frondoso y grueso a lo lejos. Al lado del árbol pudo ver a un hombre alto, de quien podía distinguirse muy poco debido al impermeable negro con capucha que llevaba consigo. Pudo ver cómo el hombre alzaba un objeto en su mano para luego arrojarlo debajo del árbol, como si se supiera observado y se complaciera en haber captado la atención de su audiencia, en este caso solo ella.

—*Tú no eres Dios que ama la maldad; ningún impío será tu huésped, ni los orgullosos podrán resistir delante de tu mirada. Tú detestas a los que hacen mal y destruyes a los mentirosos. ¡Al hombre sanguinario y traicionero lo abomina el Señor!*

El hombre abandonó enseguida el árbol corriendo cuesta abajo. Diana miró a su alrededor tratando de hacer notar lo que estaba ocurriendo, pero ni siquiera el oficial, Justo, había apartado su atención de las palabras del sacerdote. A cierta distancia de ella, Alex mantenía su cabeza inclinada y los ojos cerrados a modo de plegaria.

—*Pero yo, por tu inmensa bondad, llego hasta tu Casa y me postro ante tu santo Templo con profundo temor. Guíame, Señor, por tu justicia, porque tengo muchos enemigos: ábreme un camino llano.*

Era mejor no perder el tiempo. Diana corrió rauda hacia el árbol donde segundos antes se encontraba el misterioso hombre encubierto. Algo en su fuero interno le susurraba que se detuviera ante la perspectiva de un peligro, pero también le decía que aquello no era casualidad, que aquel hombre bien podría tratarse del culpable. Y de ser así, solo ese hombre sabía dónde se encontraba Mina.

—*En su boca no hay sinceridad, su corazón es perverso; su garganta es un sepulcro abierto, aunque adulan con la lengua. Castígalos, Señor, como culpables, que fracasen sus intrigas, expúlsalos por sus muchos crímenes porque se han rebelado contra ti.*

Cada vez más y más rápido, a pesar del cansancio y animada por la adrenalina, alcanzó finalmente el árbol y se detuvo en la pendiente tratando de cazarlo con su mirada en el horizonte. Ni rastro ni huella de su presencia, como si se hubiera desvanecido. Justo y Alex, notando su carrera, corrían segundos después hasta su encuentro. Con la respiración agitada, Diana dio un paso adelante y sus pies pisaron algo grueso. Al bajar su cabeza no pudo dar crédito a lo que su mirada encontró.

—*Así se alegrarán los que en ti se refugian y siempre cantarán jubilosos; tú proteges a los que aman tu Nombre, y ellos se llenarán de gozo. Porque tú, Señor, bendices al justo, como un escudo lo cubres a tu favor.* Es palabra de Dios.

—Te alabamos, Señor.

Diana recogió el objeto tras reconocerlo enseguida por la característica estrella dorada brillando en su portada. El libro que le había regalado a Mina. Finalmente, Justo y Alex llegaron hasta donde ella se encontraba bajo el frondoso árbol:

—¿Viste algo?— preguntó Justo.

—Diana, ¿qué ocurre?— preguntó a su vez Alex, preocupado al ver el semblante desencajado de su esposa.

Diana extendió el libro abierto, con una mirada estupefacta señalándoles su portada, en la cual claramente podía leerse una nota, escrita con tinta roja, que decía:

La princesa y el guardián de los juegos lamentan lo ocurrido. Pero ya nadie nunca podrá separarlos. Al palacio de la inocencia solo entran los corazones que se conservan puros.

CAPÍTULO 4

Los cadáveres aún se encontraban frescos dentro de sus tumbas y la noticia no dejaba de ser comentada en las noticias locales todos los días, en gran parte debido al empeño de la periodista asignada para cubrir todo lo referente al caso de demostrar la ineptitud del departamento de policía estatal a la hora de encontrar un culpable. Ciertamente, las investigaciones no habían arrojado siquiera una lista concreta de sospechosos, y la policía se abstuvo de dar declaraciones públicas concretas alegando "respeto para los familiares y la memoria de las víctimas", y al mismo tiempo con la finalidad de "no darle motivos de alerta al secuestrador de la niña". En la oficina de investigación de Justo Ramírez, se maldecía a diario el nombre de la periodista Graciela Carmona por su campaña de desprestigio sin fundamento. No obstante, en contraste, dentro de las oficinas del canal local todos celebraban el profesionalismo y agudeza de Graciela en relación con su dudosa ética de trabajo. Sus breves espacios de cinco minutos para explicar los avances del llamado "misterioso caso de homicidio y secuestro", eran esperados por todo el estado debido al histrionismo y teatralidad que le insuflaba a las reacciones y gestos con los que acompañaba sus incisivas palabras. Las personas no dejaban de llamar a la estación policial reclamando la ineficiencia del departamento para encontrar al asesino y a la niña desaparecida, a la vez que muchas asociaciones de vecinos organizaban vigilias para rezar novenarios con el fin de rogarle a Dios que el caso se resolviera y la niña Mina fuera rescatada. Graciela asistía a estas reuniones y participaba de ellas con su rosario en la mano, no sin antes dejar un registro en video de dichas intervenciones; convirtiéndose así en un ejemplo de virtud y entereza a los ojos de su público, especialmente con los hombres y mujeres de edad avanzada. Cuando le preguntaban si había logrado reunirse al fin con la hermana y tía de las víctimas para que le dieran una entrevista, Graciela esquivaba la cuestión con no pocas evasivas destacando principalmente que Diana todavía se sentía muy afectada por lo sucedido y no era capaz de declarar públicamente, para luego mentir descaradamente afirmando que solo contactaba con ella de manera privada mientras aún no se decidiera a dar sus declaraciones sobre lo que estaba ocurriendo. La gente la escuchaba compadecida al imaginar tal dolor y seguidamente felicitaban a Graciela por su compasión a la hora de respetar una pena tan personal e íntima como esa. No obstante, lo único que había de verdad en sus afirmaciones era que Graciela sí intentó entablar un contacto directo con Diana, mandándole correos, mensajes de voz a la contestadora de su casa y hasta una vez, tras lograr conseguir el teléfono de ella quién sabe con qué artimañas, recibió una respuesta fría y afianzada en una rotunda negativa a expresarse sobre el caso frente a unas cámaras ni nada parecido a una exposición mediática. Esta actitud por parte de Diana le molestaba enormemente a Graciela, quien juzgaba al resto de las personas a partir de sus propias convicciones y ambiciones, según las cuales ella consideraba que ninguna persona en el mundo desperdiciaría un momento para llamar la atención y más aún si esto conllevaba una promesa de fama. A Graciela le costaba aceptar que no todas las personas carecían de decoro e integridad, y cuando se topaba con alguien así enseguida sentía un rechazo inmediato hacia esa persona. Esta misma razón era por la cual tanto Diana como el detective Justo Ramírez le resultaban personas desagradables, que se creían moralmente superiores por evitar regodearse en la necesidad de exponerse al mundo para conseguir una audiencia. Cuando Graciela Carmona encontraba personas así se sentía amenazada y confrontada por ellos, solo porque existían, y su reacción inmediata frente a ese desprecio se resumía en un deseo de destruirlos, de sacar a la luz lo peor de ellos mismos y exponerlo. Ya habría tiempo para eso, pensaba Graciela. Mientras tanto, lo fundamental era mantener viva la llama de la atención mediática alumbrando los pormenores del caso para su audiencia y, de ser posible, adelantarse a los investigadores y descubrir antes que ellos la identidad del asesino y el paradero de la niña secuestrada.

Comenzaba un día normal y corriente para Graciela Carmona, que se traducía en su vida como una nueva oportunidad para hacer cosas extraordinarias y crear un impacto en las personas. Contemplando el naciente amanecer colándose por las ventanas de su habitación, Graciela pensaba en los planes que preparaba mentalmente. En primer lugar, pasaría por el canal para grabar el breve segmento que transmitirían al mediodía sobre los avances del caso, es decir ninguno, y en el que aprovecharía de resaltar la lentitud del departamento de homicidios a la hora de ofrecer evidencias esclarecedoras que apuntaran a un posible culpable. Posteriormente, visitaría a su madre para almorzar con ella y seguidamente, haría el intento de contactar nuevamente a Diana en su propia casa para obtener algunas declaraciones de su parte, pero sin la amenaza de las cámaras, sino más bien como si se las estuviera contando a un confidente. Y, finalmente, llegaría su momento favorito del día: su programa de opinión en vivo en el que entrevistaría a profesionales para que opinen sobre lo que se puede hacer en casos de homicidio y secuestro y, a su vez, no desaprovechar la oportunidad de avergonzar a los policías por no haber descubierto nada concreto todavía. A pesar de su implacable actitud oportunista, Graciela solo era una víctima del personaje que se había construido para abrirse paso en un oficio que no perdona la sumisión y alzarse por encima de todos sus rivales para demostrarles su valía. Con el tiempo dejó de ser la periodista comprometida con la verdad para convertirse en una caricatura de su profesión, hambrienta de fama y reconocimiento. La transición fue tan transparente que solo sus seres más allegados se daban cuenta del cambio: su madre y su hija adolescente. Como todas las mañanas, Graciela se levantaba antes de que el sol despuntara en el horizonte, disfrutando de esos breves instantes que quedaban de oscuridad, prontos a mancharse de aurora y cantos de pájaros madrugadores. Para Graciela, ese momento de transición entre la noche y el amanecer también definía su disposición a enfrentarse al nuevo día que le ofrecía el mundo con su mejor sonrisa, es decir, con la infaltable máscara que demandaba su personaje. Hubo un tiempo en su vida, cuando su hija apenas nació y antes de que su exesposo la abandonara, en que Graciela quiso renunciar a su carrera y dedicarse a su familia, pero entonces le ofrecieron una oportunidad dorada: ser la cara oficial del noticiero del canal estatal y, posteriormente, la posibilidad de tener uno o dos programas de opinión producidos y conducidos por ella. A partir de entonces, la sencilla felicidad de su hogar carecía del peso e importancia de las satisfacciones que le otorgaba su trabajo y, dando por sentado que ya no tenía nada que perder, siguió agudizando el desequilibrio entre la importancia que le daba al ámbito profesional y el descuido al que sometía su vida íntima y personal hasta que, repentinamente, un día su esposo le dejó una carta diciéndole que la abandonaba porque había conocido el amor de su vida en otra mujer, con quien esperaba sentir la felicidad y plenitud que con ella no tuvo. Madre soltera desde entonces, el tiempo no hizo sino endurecer el carácter de Graciela, quien demostraba ser muy apasionada con sus intereses profesionales pero muy poco dada a los sentimentalismos, manifestando una rudeza inmediata que obstaculizaba cualquier intento de ternura por parte de quienes la quisieran, cosa que afectaba profundamente a su hija, con la cual vivía, y a su madre que residía sola en un apartamento en una zona aledaña. Como todas las mañanas, Graciela preparó el desayuno para ella y su hija, a quien aún le quedaban unos pocos minutos para seguir durmiendo antes de acercarse a su cuarto para despertarla en el supuesto caso de que siguiera dormida. En unas semanas le darían vacaciones de su último año en la escuela secundaria y juntas habían planeado un viaje de aventura y campamento para realizarlo durante ese tiempo. Desafortunadamente, Graciela supo que dicho viaje debía aplazarse mientras continuaran las investigaciones pertinentes al homicidio de Bárbara y su hijo así como el seguimiento del paradero de la niña secuestrada. Aún no encontraba el momento apropiado para anunciárselo a su hija temiendo que su decepción se expresara en manifestaciones de rabia para complicar aún más la tensa relación que mantenían. Su reflexión fue interrumpida por la entrada de su hija, Luisana, dentro de la cocina, ya vestida y arreglada para ir a la escuela, anunciándose:

—Hola, mamá. Huele rico.

—Son panquecas con extracto de vainilla y canela —explicó Graciela sirviéndole varias en un plato que dispuso sobre la mesa e indicándole con un gesto que se sentara a comer.

—Se ven deliciosas —concedió Luisana, quien luego de

picar un trozo y saborearlo añadió—: Y saben deliciosas.

—Me alegro que te gusten —declaró Graciela sentándose frente a ella para comerse las suyas—. Ya te quedan solo dos semanas, ¿cierto?

—Así es, mamá —confirmó Luisana, agregando luego con una sonrisa—: Pronto estaremos escalando montañas y nadando en los ríos.

A Graciela se le desencajó el rostro y trató de disimularlo forzando aun más su aspecto risueño y amable, para seguidamente responder:

—Ya veremos, Luisana. Mientras el "caso Bárbara" no se resuelva estoy obligada a...

Luisana soltó los cubiertos golpeando la mesa y poniéndose de pie para abandonar su desayuno antes de terminarlo, declarando:

—¡Lo sabía! Siempre es lo mismo. Siempre hay algo más importante que no puede ser postergado.

—Esto es muy importante, ¿vale? —le replicó Graciela aumentando el tono de su voz—. Ya asumí la responsabilidad de encargarme de todo lo referente a ese caso. No puedo simplemente abandonar la cobertura. La gente necesita saber la verdad y debemos contribuir para que se descubra lo más pronto posible al culpable y salvar a esa pobre niña desaparecida.

Luisana contraatacó:

—Tú no eres parte del departamento de policía. Tú no tienes que descubrir a nadie. Las autoridades pertinentes se encargarán de eso.

Al escucharla, Graciela también se enojó con su hija gritándole:

—¡No seas estúpida! Gente como nosotros, los periodistas, velamos porque esas autoridades hagan su trabajo y no pierdan el tiempo. Si no se supieran observados y juzgados por el mundo harían lo que les viniera en gana. Además, los índices de audiencia suben como la espuma y el canal no me concederá un tiempo de vacaciones para que mi hija pueda escalar.

—Claro, los *ratings*, eso es lo único que te interesa de todo esto y lo sabes —la interpeló Luisana—. Pero ¿sabes algo? No eres tan imprescindible como crees. En el mundo ocurren cosas malas todos los días. No puedes hacerte cargo de la cobertura de todos esos eventos. En cambio, tu vida solo es tuya. ¿Para qué me molesto en replicar si no te importa?

Luisana salió enojada de la cocina, agarró su bolso y se fue de la casa para hacer el corto camino de la casa a la escuela, aunque llegara más temprano de lo acostumbrado. Graciela asumió nuevamente su actitud inmutable para continuar comiéndose sus panquecas como si nada hubiera ocurrido. Su día comenzaba de mala manera, pero estaba demasiado ocupada pensando su próximo paso en lo referente a la cobertura del caso Bárbara como para preocuparse en lo que consideraba las rabietas de una adolescente caprichosa.

* * *

Un extraño pálpito acompañó a Diana durante todo el día desde que se despertó, a primera hora de la mañana. El presentimiento de estar a punto de descubrir algo se agitaba en su ánimo y estremecía su cuerpo. La investigación había avanzado muy poco, porque no existían pistas concluyentes que apuntaran a un presunto culpable ni indicios sobre la existencia de alguien lo suficientemente cercano a Bárbara y sus hijos que, motivado por odio o venganza, hubiera cometido tan monstruoso crimen. Tal como Justo se lo pidió,

Diana intentaba recordar algún dato, cualquier pequeño detalle que hubiera pasado por alto capaz de servir como una pista. Le molestaba esta ausencia de información porque se retrasaba la investigación y, por ende, el descubrimiento del paradero de su sobrina, Mina. Le angustiaba pensar en ella y en cómo pasaban sus días mientras convivía quién sabe dónde y de qué manera, bajo la vigilancia de alguien tan cruel y sanguinario como para secuestrarla. Sin embargo, la teoría que Justo le había expuesto la tranquilizaba sobremanera. Quizá era cierto lo que apuntaban las pesquisas iniciales, corroboradas por el mensaje que había dejado su perpetrador en el libro que le devolvió durante el entierro de su hermana y su sobrino. Nadie había reclamado el pago de un rescate hasta la fecha y en cambio apareció tan curioso mensaje: *La princesa y el guardián de los juegos lamentan lo ocurrido. Pero ya nadie nunca podrá separarlos.* El asesino no le haría daño a Mina porque ella era el objeto codiciado por este criminal, en tanto los asesinatos fueron cometidos "accidentalmente" cuando tanto Bárbara como Leo intentaron evitar el secuestro. Pero ¿quién podría estar relacionado con Mina de esa manera? Sea quien fuera, dicha persona debía conocer a Bárbara y, hasta cierto punto, formar parte de su vida para tener contacto con los niños. Pero, al mismo tiempo, se trataba de un "adulto" perturbado, con cierto grado de infantilismo: *Al palacio de la inocencia solo entran los corazones que se conservan puros.* Esa última parte del mensaje le inquietaba, como si se tratara de un acertijo a la espera de su resolución. Diana recordaba que Bárbara tenía un cuestionable talento para relacionarse con hombres perturbados y llenos de problemas, exceptuando su difunto esposo y uno de sus novios recientes, con quien se llevaba muy bien pese a lo poco que coincidieron. Y aunque recientemente no le hubiera presentado un nuevo novio ni manifestara indicios de su presencia, a Diana no le extrañaba el hecho de que quizá estuviera empezando a salir con alguien que ella desconocía. Justo le había pedido que elaborara una lista de exnovios de su hermana y en eso empeñaba sus tardes al regresar del trabajo, aunque le frustraba el hecho de no poder recordarlos a todos o de ser plenamente consciente de que existieron muchos que ella no llegó a conocer. Diana no era puritana ni prejuiciosa, pero siempre le sorprendió la capacidad que tenía su hermana para renovar noviazgos poco tiempo después de cada ruptura. Alex no llegaría hasta la noche, así que nada interrumpiría sus horas de reflexión tratando de descubrir algo que hubiera pasado desapercibido para ella hasta entonces. Afortunadamente para Diana, en la escuela se celebraría un evento recreativo para padres y representantes acompañando a sus hijos, por lo cual había pedido permiso para ausentarse y así dedicar su día a la investigación. A diferencia de lo que aquella periodista declarara en televisión, sabía de primera mano la exhaustiva y cuidadosa labor que Justo Ramírez y su equipo de investigación realizaba tratando de extraer una verdad contando con muy pocas evidencias. Pero por esa misma razón, Diana comprendía que permanecer pasiva y a la espera en un caso como ese alargaba cada vez más el tiempo de incertidumbre. Contrario a lo que su esposo hubiera querido, Diana decidió desde el primer momento que participaría activamente en el caso, procurando visitar la jefatura todos los días así como recolectar información entre las personas que conocían a Bárbara, desde vecinos hasta conocidos ocasionales dentro de su rutina. A Diana le sorprendía que una mujer tan carismática y hermosa como su hermana no tuviera amigos, siendo una característica común entre ellas; aunque en el caso de Diana, a nadie le extrañaría debido a su carácter taciturno y melancólico. Aprovechando el día de asueto que se tomaría, Diana planeaba visitar nuevamente la casa de sus padres antes de pasar por la jefatura, con la intención de llevar la lista de antiguos novios y pretendientes de su hermana, y entrar a la casa donde vivían su hermana y sus sobrinos por primera vez desde el cumpleaños de Mina. Justo le confirmó con anterioridad que la casa ya había sido levantada como escena del crimen y que era libre y bienvenida de visitarla cuando quisiera, porque quizá así, debido a su cercanía con las víctimas, reconociera o descubriera algo que a ellos se les escapaba. Ya lista y arreglada para salir, Diana sintió nuevamente ese extraño presentimiento: "algo ocurriría". Y como posible respuesta a esa sensación, lo primero que encontró al salir de su apartamento, justo frente a la puerta del edificio, era nada más y nada menos que la célebre periodista Graciela Moncada. Diana no pudo disimular su desprecio al verla, preguntándole con suspicacia y viendo a su alrededor para tratar de descubrir donde se encontraban ocultas las cámaras:

—¿Qué haces aquí?

—No te preocupes, no hay cámaras esta vez —aclaró Graciela—. Solo vine a disculparme por mi comportamiento en el funeral de Bárbara y su hijo. No era la manera apropiada de irrumpir en un evento como ese.

—De acuerdo. Aceptadas sus disculpas —respondió Diana con un tono tajante—. Ahora si me disculpa, voy de salida.

—¿Quieres que te lleve? —preguntó Graciela con un tono confidente capaz de suavizar a cualquiera. Por su parte, Diana planeaba caminar hasta la parada de autobuses y luego caminar unas cuadras hasta llegar a la casa de sus padres. Alex se había llevado el carro esta vez y era el único vehículo que poseían y ambos compartían. Pero, al escuchar esta propuesta, Diana dudó por un instante, por lo que enseguida Graciela añadió:

—No voy a hacerte preguntas como si fuera una entrevista. Solo quiero que hablemos como dos personas comunes y corrientes, que comentan sus impresiones sobre una situación. Sin cámaras ni micrófonos. Comprendo tu dolor y lamento mucho que haya ocurrido algo así en tu vida y en la de esa pequeña niña. Créeme, quiero ayudar.

—Vale —asintió Diana aceptando su propuesta—. Pero sin preguntas sobre el caso. Mucha de esa información es confidencial y yo no soy la persona apropiada para divulgarlo.

—Comprendo —concedió Graciela, preguntándole enseguida alzando las llaves de su camioneta—: ¿Adónde quieres que te lleve?

—A la casa de mi hermana.

—¿Ya levantaron la escena del crimen? —preguntó Graciela incapaz de refrenar su curiosidad. Diana le lanzó una mirada reprensiva que Graciela enseguida atajó—: Ok. Lo sé. Sin preguntas capciosas. Solo indícame la dirección.

—Juraría que la conoces —bromeó Diana, cediendo un poco sus reservas frente a la polémica periodista. En aquel momento se le presentaba humana, desmitificada de su aura televisiva. Una persona normal y corriente haciéndole un favor a otra y pidiendo un poco de empatía.

—Por supuesto que lo sé —dijo Graciela replicando el chiste—. Pero soy una maestra del engaño y la manipulación que no puede revelar sus fuentes.

Diana rió la respuesta de Graciela y juntas se dirigieron a la camioneta de esta. Una vez en camino conduciendo en la carretera, compartieron una charla trivial centrada en el clima, la economía y la cercanía del verano. Luego hubo unos minutos en los cuales no se dijeron nada, mientras Graciela trataba de esquivar el tráfico y colarse por un atajo. Finalmente, Graciela se atrevió a romper el silencio:

—Te voy a hablar desde mi perspectiva sobre lo que este caso significa. Entiendo que nuestro oficio muchas veces se ha desvirtuado y yo misma contribuyo a eso. Es un medio muy duro para cualquier mujer. Si no tienes agallas y una coraza enseguida te sacan del juego. La audiencia te repele cuando no demuestras cizaña y malicia. Pero todo eso que ves en la pantalla, son herramientas para visibilizar lo que de otro modo quedaría injustamente ignorado. Lo que le ocurrió a tu hermana es muy grave, pero también es grave la opinión popular sobre casos como este. Las declaraciones que dieron tus vecinos, muchas de las cuales yo impedí que se divulgaran, se centraban en el hecho de que tu hermana tenía una vida licenciosa y promiscua. Personalmente, una matriz de opinión como esa no beneficia en nada la resolución del caso. Por eso, decidí hacerme cargo de su cobertura antes de que otro colega lo hiciera, para así encauzar la mirada de la audiencia hacia lo verdaderamente importante: un asesino anda suelto y una niña de apenas 5 años se encuentra secuestrada por él. Este caso es una oportunidad para reivindicar a tantas mujeres víctimas de la violencia que luego son desestimadas alegando que su comportamiento ha sido la causa. Esa percepción debe cambiar. Los criminales no se justifican en modo alguno. Y, aunque muchas veces mis métodos puedan ser cuestionados por ti o por la policía, yo redirecciono los prejuicios de la gente hacia otros culpables. ¿Distracción? ¿Sensacionalismo? Llámalo como quieras, pero en un mundo de hombres las mujeres debemos apoyarnos y solidarizarnos entre nosotras sin acusarnos por las decisiones que tomamos en la vida y, en cambio, señalar a quienes nos maltratan. ¿Comprendes lo que estoy diciendo sobre por qué es importante para mí?

A medida que Diana escuchaba las palabras de Graciela se sentía amparada por una opinión semejante a la suya. Anteriormente anidaba cierto desprecio por aquella mujer, cada vez que escuchaba su cobertura del caso en el canal local, considerando que se aprovechaba de la memoria de su hermana y su sobrino para explotar el tema y ganar popularidad. Incluso, en ese momento, consideraba que no dejaba de ser cierta la visión que tenía de ella como una mujer oportunista y sedienta de atención, pero también comprendía que su discurso era honesto a pesar de sus contradicciones. Hasta ese momento no se había percatado que, a diferencia de algunos periódicos y programas de radio locales e incluso personas que callaban su opinión cuando ella se encontraba presente, Graciela Carmona hablaba sobre las víctimas sin buscar razones que justificaran lo ocurrido sino más bien exigiendo resultados. En su programa no se discutía sobre los chismes que comentaban las relaciones de su hermana con muchos hombres, sino de cómo muchos otros casos como este quedan sin resolver. Graciela Carmona, a su manera imperfecta o partiendo de lo que podía permitirse según ciertos límites, trabajaba en pro de acabar con el estigma que pesa sobre las mujeres víctimas de actos violentos en su contra, al ser desestimadas muchas veces como "culpables" de lo ocurrido. En ese instante, Diana sintió admiración por Graciela aunque jamás pudiera confiar o entablar amistad con alguien como ella. La valoraba por las virtudes que le demostraba en aquel instante, sin por ello olvidar con quien hablaba. Conmovida por sus palabras pero cautelosa a razón de su reticencia con su "personaje" público, Diana le agradeció en buenos términos:

—Tienes razón en muchas cosas. De preferencia yo quisiera que no irrumpieran en mi vida ni en la de mi familia, exponiéndonos hasta el hartazgo a los ojos del mundo. Sin embargo, hasta este momento no había notado que eres una de las pocas personas que no ha acusado a mi hermana de forma alguna, ni ha asomado la idea de merecer lo ocurrido. Solo por eso te agradezco profundamente no lo que has hecho, sino lo que has dejado de hacer. No puedo negar que, afortunada o desafortunadamente, son personas como ustedes quienes canalizan las percepciones del resto de las personas que los critican o los admiran. Quizá pido demasiado creyendo que merecemos privacidad en un mundo acostumbrado a suprimirla y a ofertarnos como si estuviéramos a la venta o, por lo menos, susceptibles de ser rentados. Es tu trabajo, no te juzgo. Pero no olvides que al otro lado de la pantalla hay seres humanos con sentimientos que padecen y son perjudicados por una mala percepción.

Graciela la escuchaba atentamente mientras conducía despacio, considerando lo cerca que estaban del destino indicado. Pensaba que Diana iba a ceder un poco más a sus palabras, pero aún notaba recelo en sus observaciones, así que insistió con un tono conciliador:

—Diana, estamos peleando una misma batalla pero desde diferentes trincheras. La gente merece saber lo que está ocurriendo. Un asesino anda suelto. Hoy por hoy sospechamos que se trata de un móvil personal o, al menos, eso es lo que sostiene la policía. Pero ¿no han considerado la posibilidad que se trate de un asesino en serie? Otras personas podrían estar en peligro. Y aun si así no lo fuera, estas cosas pueden volver a suceder. Hay muchas personas malvadas deambulando por el mundo. Merecemos contar con autoridades que se mantengan a la altura de las circunstancias.

Diana respondió intentando sopesar las opiniones de Graciela con las suyas propias:

—Informar no es el verdadero problema aquí. Soy plenamente consciente de que cuando un hecho violento sucede en una localidad se convierte en materia de investigación y divulgación pública. Mi problema es hasta qué punto esa información comienza a tergiversarse y acaba torciéndose la verdad inicial. No tengo quejas sobre lo que Justo Ramírez y sus oficiales han hecho, lo que considero un buen trabajo hasta ahora según como han llevado el caso.

Graciela hizo un último viraje para entrar a la calle que conducía a la antigua casa de Bárbara, al mismo tiempo que replicaba:

—Ha pasado una semana y aún no tienen ni un sospechoso. Un buen trabajo no sería la categoría apropiada para describir su labor. A menos que haya algo que yo desconozca.

Diana atajó de inmediato la observación de Graciela, respondiendo enseguida:

—No te equivocas. No tienen sospechosos hasta ahora.

Graciela finalmente se estacionó frente a la casa:

—Llegamos. Y no quiero molestarte más, pero confía en mí cuando digo que por sí solo ese departamento no hallará al culpable. No tengo nada personal en contra de ellos, pero me remito a los hechos.

Graciela abrió el seguro de la puerta al lado del asiento en el cual se encontraba Diana y esta empujó la puerta para bajarse del carro no sin antes decirle:

—Gracias. Tomaré en cuenta tus palabras.

—¿Estás segura de querer entrar sola a esa casa? —le preguntó Graciela—. Aún puedo disponer de un tiempo libre para acompañarte.

—No. Descuida —respondió Diana—. No tengo nada que temer dentro de esa casa. Viví en ella durante muchos años y ahí he lamentado a todos mis muertos.

—Entiendo —concedió Graciela—. Recuerda lo que te dije. Si consigues alguna información de interés y crees que desde mi posición yo puedo ser de alguna utilidad, no dudes en llamarme

—No lo olvidaré. Nuevamente, gracias—respondió Diana formalmente.

Graciela alzó la mano a modo de despedida y aceleró su camioneta adentrándose en la calle hasta desaparecer, no muy satisfecha por el encuentro poco fructífero a la hora de recabar algún tipo de información adicional. Por su parte, una vez que Graciela ya no se encontraba al alcance de su visión, Diana se volteó con la mirada hacia arriba, contemplando la casa de sus padres, y volviendo a ella como si fuera la hija pródiga que finalmente regresa para conseguir que nadie la ha estado esperando. Con un suspiro atragantado en su garganta y un presentimiento revoloteando en su corazón ascendió lentamente por la pequeña escalinata que conducía a la puerta principal de la casa familiar, sintiendo que cada paso la acercaba al descubrimiento de una verdad hasta entonces oculta. Cuando se detuvo frente a la puerta puso la mano sobre la perilla y antes de introducir la llave que le daría acceso a su antiguo hogar sintió que un escalofrío corría por su espalda y tembló repentinamente sin explicación alguna. Sin saber por qué, tuvo el impulso de mirar a sus espaldas y supervisar el horizonte, intentando encontrar una anomalía en el medio de pequeñas casas residenciales con sus céspedes bien cuidados y fachadas en perfecto estado, como albergues de vidas impolutas incapaces de abrigar secretos demasiado oscuros o desesperaciones excesivamente desafortunadas. Contrario a sus inesperados temores, nada extraño alteraba la tranquila visión del lugar, ni un solo rastro de algo que justificara cualquier forma de miedo. Sin embargo, se le antojaba intolerable esa misma tranquilidad. Días antes el vecindario fue testigo de un acto sangriento y en cambio ahora todo lucía sereno y aburrido, como si nada hubiera ocurrido o no fuera lo suficientemente importante para seguir lamentándolo. Esta era la parte más confusa e insoportable del luto, reconocer finalmente que muy pocos lamentan a tus muertos y que estos son destinados a ser recordados solo por algunos y que, incluso estos, tenderán a olvidarlos, gradualmente, con el tiempo, y solo haciendo mención de ellos ocasionalmente. El suspiro finalmente se le escapó cuando volvió a la puerta para abrirla. Su primera impresión al entrar en la casa fue desagradable. Todo estaba revuelto denotando la pasada huella del asesinato cometido y la posterior requisa de los policías dentro de la llamada "escena del crimen". Como si pudiera leer el mapa de los acontecimientos, los hechos se le presentaban a sus ojos a partir de los elementos caídos, los objetos rotos y los trastos dejados a un lado. Aquellas paredes fueron los únicos testigos de lo ocurrido, además de las víctimas y el victimario, pero nada podían contarle. Lo primero que notaba al entrar a la sala era el espacio existente entre el comienzo de la escalera que conducía al segundo piso y el suelo de la planta baja, donde claramente se veían las siluetas dibujadas en tiza de los cuerpos que allí se desangraron. Diana sintió que le apretujaban el corazón a medida que se acercaba a ese espacio imaginando los cuerpos dentro de los límites que delimitaban el contorno del dibujo. Piernas y manos le temblaban al ver lo que debió haber sido el cuerpo de su hermana acurrucado y con una pierna levemente extendida, como si hubiera intentado quedar en posición fetal al caer degollada de no ser por el último movimiento de su pierna deslizándose fuera. Su estómago se revolvió cuando vio una mancha alrededor del dibujo, el rastro de la sangre que brotó de su cuello y se extendió por el piso de madera. Siguió avanzando en dirección a la escalera para descubrir a los pies de la misma, los contornos de otro dibujo, una silueta más estilizada cuyos pies se mantenían en la escalera y el resto del cuerpo en el suelo. Le estremeció lo que adivinó en el dibujo que retrataba el momento en que su sobrino, Leo, exhaló su último aliento, un brazo extendido en dirección al dibujo del otro cadáver, una línea queriendo prolongarse más allá de sus limitaciones para alcanzar algo, la mano de su sobrino intentando desesperadamente llegar hasta su madre para sujetarla sin éxito. Pudo recrear mentalmente la escena recordando los hechos tal como se los narró Justo Ramírez luego de recibir los análisis resultantes de la escena del crimen: Bárbara y el asesino bajaron hasta el primer piso enzarzados en una lucha que acabó derrotándola hasta ponerla de rodillas para ser degollada ahí mismo, a los pies de su victimario. Posteriormente, Leo tuvo un encontronazo con el intruso a lo largo de la escalera, siendo ahorcado a los pies de la misma antes de sufrir el mismo destino de su madre y desplomarse en el suelo a medida que se desangraba, observando desde su posición el cuerpo de su madre ya sin vida. Diana sintió un mareo acompañado de unas náuseas, con el cuerpo estremecido por una mezcla de emociones, desde la honda tristeza hasta la volcánica rabia, queriendo desbordarse sin reparos. En el espacio existente entre ambos dibujos que no pudieron tocarse, Diana cayó de rodillas y las manos en puño sobre el suelo arqueando su cuerpo. La náusea recorrió el camino desde su estómago hasta su garganta y no puedo evitar soltar un vómito copioso sobre el suelo, como una respuesta a tantas emociones encontradas. Diana se incorporó, todavía de rodillas, observando el asqueroso y grumoso vómito esparciéndose ligeramente. Así lucía su cólera y su desdicha, un charco solitario y maloliente sobre el cual nada podía reflejarse. No puedo evitar llorar ahí mismo, con ganas de acurrucarse entre ambas siluetas para acompañar el espacio ausente de sus seres queridos, como si fuera el puente humano entre ambos vacíos. Siguió llorando al imaginar a su pequeña Mina siendo testigo de tanta crueldad. Ahora, ¿quién sabe dónde se encontraría? Y en el caso de que superaran este amargo trance, ¿cómo reanudaría su vida?, ¿cómo recuperaría una inocencia perdida tan pronto? Mina ya no sería la misma y crecería con el oscuro recuerdo de las muertes de su madre y su hermano, como un recordatorio de lo frágil que era la felicidad y lo poco que dura. Imágenes que la acompañarían hasta su muerte, recordándole que no hay seguridad en este mundo ni palacios lo suficientemente protegidos para que la inocencia prevalezca por encima de la maldad. Ya más calmada, Diana logró ponerse en pie como pudo para dirigirse a la cocina. Al entrar en ella sorteó las bandas amarillas que se entrecruzaban, denotando el rastro del paso de la policía. Fuera de eso, todo lucía perfectamente ordenado en comparación con la sala, a excepción de una gaveta abierta sobre la cual los investigadores pusieron una nota que decía: "posible cuchillo extraviado". A efectos de un raro impulso, Diana cerró la gaveta intentando acallar con esto el grito de desesperación que albergaba en su interior y se dio cuenta que, quizá, eso fuera el remedio más eficaz en aquellos instantes: corregir el desorden, borrar las huellas de muerte y dolor que proliferaban por la casa. Ya la escena del crimen se encontraba clausurada, todas las huellas habían sido tomadas y todos los análisis pertinentes realizados, con resultados poco concluyentes. Ahora era el turno de Diana para limpiar la casa de sus padres y purificar su alma en el proceso. Afortunadamente la cocina estaba bien equipada con implementos de limpieza y Diana enseguida se puso cómoda descalzándose y desabrigándose para iniciar las labores necesarias. Lo primero que hizo fue limpiar su vómito con agua, jabón y un cepillo de cerdas gruesas inclinándose sobre el piso y esforzándose hasta hacerlo desaparecer. Miró a su alrededor planeando mentalmente sus acciones, posando su mirada sobre aquellos objetos caídos o rotos durante la pelea entre Bárbara y el intruso en el medio del salón. Recogió vidrios rotos, enderezó cuadros y puso en su lugar varios objetos dispersos en el suelo. Ya la sala estaba casi como antes, excepto por los dos dibujos que adornaban el espacio como un monumento al horror. Dubitativa, Diana contempló los dibujos por última vez antes de decidirse a borrarlos por completo, armada con un trapeador y un aspersor lleno de agua. Y así lo hizo, mezclando agua y jabón sobre la tiza enfocada en su total desvanecimiento. Exhausta, se detuvo a contemplar el orden y la limpieza donde anteriormente destacaba la suciedad y el caos. Una sensación de tranquilidad la inundó al apreciar el suelo de madera ya sin siluetas dibujadas sobre su superficie, sintiendo en su fuero interno que, gracias a esa limpieza, tanto a su hermana como su sobrino les estaba permitido ahora descansar verdaderamente en paz. Satisfecha con su trabajo, Diana volvió a la cocina para lavarse las manos y la cara antes de subir al piso de arriba con el objetivo de supervisar el estado en el que se encontraba y continuar con su labor de lavado y orden.

Las horas transcurrían con normalidad, el ocaso no tardaría en llegar y Diana se encontraba subiendo las escaleras cuando sintió un ruido proveniente de la ventana y bajó corriendo encontrándola completamente cerrada. Trató de recordar si esta se encontraba previamente abierta, pero no era capaz de asegurarlo. Sin embargo, Diana supuso que lo más probable era que tal ventana se encontrara abierta, tal como fue hallada durante la escena del crimen y que quizá el viento acabó cerrándola. Sin darle más vueltas al asunto se cercioró de pasar los seguros de la ventana antes de subir hasta el segundo piso. Al encontrarse allá arriba fue quitando y recolectando cuidadosamente las bandas amarillas puestas por los oficiales de policía en el pasillo externo a las habitaciones y los baños, decidiendo introducirse primero en la recámara de su hermana Bárbara y dejar el cuarto de los niños para el final de su inspección. La habitación en cuestión no ofrecía mayor espectáculo que el de unas sábanas revueltas propias de quien ha abandonado recientemente la cama y volverá pronto para acomodarlas, con la diferencia de que no hubo tal regreso. Al lado, en una mesita de noche se encontraba el teléfono inalámbrico sobre su cargador tal como lo dejó su hermana antes de irse a dormir. Diana recordó que en la tarde tendrían los resultados de registros de llamadas, por si acaso arrojaban alguna pista concreta. Lamentablemente, el proceso para obtener dicho registro era muy burocrático y la central telefónica se tomaba varios días para recolectar dicha información antes de compartirla. Diana procedió a recoger las sábanas del cuarto de su hermana y doblarlas sobre la cama, luego de dejarla perfectamente tendida. Se asomó debajo de la cama y registró el closet, pero no encontró nada irregular, nada que la policía no hubiera requisado con anterioridad. Echó un vistazo rápido antes de abandonar la habitación cuando, ya de espaldas en el umbral que daba en dirección al pasillo, escuchó el teléfono repicando. Corrió enseguida y lo descolgó poniéndolo en su oído sin emitir palabra alguna durante varios segundos. No se escuchaba a nadie del otro lado y, sin embargo, sospechaba que alguien se encontraba al otro lado de la línea. Impaciente, rompió el silencio:

—Hola, ¿quién habla?

Ni una sola respuesta. Fueron segundos tensos, hasta que finalmente escuchó el tono indicativo de que la llamada había sido colgada. Sintió un profundo miedo, ya no se sentía tranquila dentro de aquella casa. No se atrevía a salir, así que dirigiéndose a la habitación de los niños, se llevó consigo el teléfono inalámbrico de la casa mientras marcaba los dígitos del móvil de su esposo. Luego de dos repiques, Alex atendió:

—¿Diana?

—Sí, soy yo. Estoy en la casa de mis padres —respondió Diana, adivinando la perplejidad con la que su esposo debió haber visto la llamada del teléfono registrado como "Bárbara casa".

Diana pudo sentir la respiración de alivio al otro lado del teléfono antes de que Alex respondiera:

—No me asustes así, Diana. No me avisaste que irías para ese sitio. ¿Todo bien? ¿Estás sola?

Diana le respondió con un falso tono tranquilizador, tratando de no demostrar el pánico que sentía en aquel momento:

—Olvidé mencionarlo. No estaba segura de hacerlo hasta que lo hice. No quería preocuparte. Pero sí, todo bajo control. Aprovechando que la escena del crimen fue liberada por la policía, quise organizar el desastre. ¿Me podrías venir a buscar?

Alex no se hizo esperar en su respuesta. Diana escuchaba al fondo el sonido del tráfico y la carretera tal como le confirmó al decirle:

—Seguro, ya salí del trabajo. De hecho estoy manejando mientras hablo contigo. Pero ¿estás bien? Te noto un poco alterada.

—Estoy perfectamente bien, Alex. Solo estoy un poco cansada —aseguró Diana para evitar que se preocupara y luego a modo de broma—: No deberías hablar mientras manejas, te pueden detener.

—De acuerdo —dijo Alex, riendo—. No te muevas.

Antes de que Alex colgara la llamada, Diana lo detuvo:

—Espera, Alex. Cuando ya llegues, por favor, llámame al teléfono y yo te abro. Siento que si escucho ese timbre o las puertas me desmayaré del susto.

Alex, comprendiendo sus temores, la tranquilizó antes de despedirse:

—Entiendo, debe ser muy raro estar allí. Cuídate. Estoy allá en menos de diez minutos. Te quiero.

Diana no alcanzó a responderle que también lo quería cuando escuchó el tono de llamada colgada. Trató de tranquilizarse arreglando la habitación de los niños, que se encontraba mucho más desordenada, con objetos regados por doquier, principalmente juguetes. Según el informe policial allí comenzaron los enfrentamientos entre el intruso y otra persona que probablemente fuera su sobrino, Leo, intentando impedir que se llevaran a su hermana. Diana apartó de su mente esas hipotéticas imágenes y siguió poniendo en su lugar cada objeto caído. La silla de la mesita de dibujos de Mina se encontraba volcada, además de unos cuantos papeles y crayones de colores. Diana recogió todo cuidadosamente y, al revisar los papeles, reencontró aquel dibujo de Mina que había visto cuando visitó la casa el día de su cumpleaños. Una sonrisa surcó su rostro recorriendo con su mirada los trazos torpes que había visto representando a su familia cuando el sonido del teléfono repicando en su mano interrumpió su momento de distracción. Diana atendió confiando que se trataba de su esposo, Alex:

—¿Alex? ¿Tan pronto llegaste? No han pasado ni cinco minutos.

No hubo respuesta al otro lado. Diana recordó la llamada anterior y el pánico regresó con renovadas fuerzas.

—¿Quién habla? Voy a llamar la policía.

El silencio al otro lado se interrumpió por una respiración. A Diana le temblaban las piernas, pero no se atrevía a colgar la llamada. Pensaba salir de la habitación cuando escuchó el sonido del televisor encendiéndose. Diana se detuvo enseguida y escuchó como el sonido de la respiración al teléfono se sentía cada vez más agitada. Confundida, observó nuevamente el dibujo y reparó en la silueta identificada con una letra "B", que nunca supo de quién se trataba porque olvidó preguntarle a Mina. El extraño era representado como un hombre alto con el cabello negro y una rayita horizontal a modo de boca siendo el único rostro no sonriente dentro del dibujo. El presentimiento revoloteaba en su interior con renovadas fuerzas y Diana corrió hacia la puerta de la habitación de Mina y Leo cerrándola desde adentro y pasando el seguro. La respiración se escuchaba mucho más agitada, era una respiración forzada a propósito para asustarla. Diana no pudo evitar interpelarlo, gritándole:

—¿Eres tú? ¿Por qué los mataste? ¿Dónde está Mina? ¡Responde!

Una risa sonó al otro lado del teléfono y, para su sorpresa, la misma risa se escuchaba afuera, justo detrás de la puerta. A Diana se le cayó el teléfono de las manos por causa del susto y los latidos de su corazón se aceleraron sintiéndose perdida y sin escape. Miró a su alrededor y, al descubrir la mesa de dibujo, la empujó rápidamente contra la puerta. Con una ojeada intentó pensar en opciones de escape. La ventana se encontraba cerrada y daba en dirección a la casa de los vecinos. Al abrirla se asomó cuidadosamente descubriendo que salir por ese medio implicaba dar un salto que podría ser extremadamente peligroso dependiendo de la caída. No se atrevía a recoger nuevamente el teléfono, aunque estaba casi segura que alguien se encontraba al otro lado de la puerta de la habitación en la cual se había encerrado. Y ese alguien podía ser el secuestrador de su sobrina y el asesino de su hermana y sobrino. Diana temió por su vida. Se sentía dentro de una larga pesadilla y aún faltaba mucho para despertar. No movió ni un solo músculo de su cuerpo sintiendo que su corazón estaba a punto de explotar a causa de la taquicardia, cuando observó que el pomo de la puerta era forzado por alguien que intentaba entrar. Diana cerró sus puños, dispuesta a defender su vida a como diera lugar. Sea quien fuera quien se encontraba al otro lado de la puerta cesó de forzar la cerradura y procedió a golpear la puerta ininterrumpidamente. Diana se puso una mano en el corazón y retrocedió lentamente caminando de espaldas en dirección a la ventana entreabierta. Comprendió que eso es lo que quería aquel intruso, asustarla hasta hacerla gritar, pero se contuvo. Luego escuchó unos gritos afuera de la casa, la voz de un hombre llamándola por su nombre lo cual tuvo el efecto inmediato de lograr que cesaran los golpes en la puerta. ¡Alex había llegado! ¿Cómo advertirle que tuviera cuidado? Recogió enseguida el teléfono asegurándose primero de tener tono para hacer una llamada. Sus dedos se atoraban intentando marcar los dígitos hasta que finalmente Alex contestaba al otro lado del auricular con un ligero tono de molestia:

—Diana, estoy abajo. Ábreme la puerta. Llevo rato afuera llamándote pero el teléfono parecía ocupado, ¿por qué...?

Diana lo interrumpió con una voz acelerada incapaz de ocultar su miedo:

—¡Alex! Escúchame atentamente. Estoy arriba encerrada en el cuarto de los niños. Creo que hay alguien dentro de la casa y está intentando asustarme. Intentó forzar la puerta de esa habitación, pero ya no lo escucho. Ten cuidado, quizá sigue aquí adentro de la casa. Estoy muy asustada, Alex. Creo que es el asesino de mi hermana. ¡El secuestrador de Mina!

Alex respondió enseguida:

—¡No salgas de allí! Forzaré la puerta para entrar y revisaré toda la casa. Solo sal cuando te lo indique. No tranques la llamada.

Diana quiso impedirlo diciéndole:

—¡No, Alex! Puede ser peligroso. ¿Y si está armado? Mejor llamo a la policía.

—Diana, no perdamos tiempo. Quizá ya se fue pero es mejor estar seguros. No cuelgues la llamada.

A través del auricular Diana escuchaba el fornido cuerpo de Alex impactando contra la puerta cerrada para abrirla. Cuando finalmente cedió, la voz de Alex volvió a sonar al otro lado del teléfono con la respiración acelerada producto del esfuerzo:

—Estoy adentro, Diana. Todo parece bajo control. Sala, comedor y cocina vistos. Subiré.

—Ten cuidado, Alex, por favor.

Transcurrieron unos pocos minutos y al otro lado de la habitación sonó la voz de Alex anunciándose:

—Diana, ya revisé todo el piso y no hay rastro de nadie. Puedes abrir.

Diana soltó el teléfono para dirigirse a la puerta apartando la mesa de dibujo con la cual había obstaculizado la posible apertura de la puerta. Al abrirla, se encontró con su esposo sudando y con el rostro desencajado por la sorpresa ante lo ocurrido. Sin saber qué decirse se abrazaron y se besaron largo rato, hasta que finalmente Diana interrumpió el momento romántico diciendo:

—Hay que llamar a la policía, Alex.

Alex asintió con su cabeza y tomándola de la mano entró a la habitación recogiendo el teléfono del suelo. No quería soltarla y ella se lo agradeció en silencio. Juntos bajaban las escaleras mientras Alex hablaba con un oficial contándole lo ocurrido sin muchos detalles y pidiendo que asistieran al lugar cuanto antes. Una vez en el centro de la sala, Diana se sorprendió al ver lo que encontró. Apretando el brazo de Alex, Diana le indicó con un gesto que viera lo que tenían al frente. El televisor no solo se encontraba encendido sino también uno de los juegos para consola de Leo y en la pantalla del mismo podía leerse: *¿Estás seguro de querer abandonar este juego?* Abajo de ese letrero un recuadro gris titilaba sobre una de las opciones: *No.* Se trataba de un mensaje. Al alzar la mirada por encima del televisor, la ventana se encontraba nuevamente abierta ofreciendo la vista del gran árbol mecido por el viento en el jardín exterior de la casa. Su presentimiento era el comienzo de una respuesta. La pesadilla significaba un desafío y ella tampoco estaba dispuesta a abandonar el juego. Todo este tiempo llevaba apretujado el dibujo de Mina en su puño cerrado. Para sorpresa de Alex, Diana soltó su mano y desenvolvió nuevamente el dibujo de Mina frente a sus ojos. Diana y Alex en una esquina. Bárbara, Leo y Mina en el centro. Y el misterioso portador de la "B" sobre su cabeza estaba de pie al lado de un árbol, a cierta distancia de la casa dibujada por Mina con todos los integrantes frente a ella. Hasta ese momento no lo recordaba, pero la conversación resonó nuevamente en su cabeza con claridad. Mina mencionó al "guardián de los juegos" el día de su cumpleaños y también declaró que esa figura, aunque en aquel momento Diana pensaba que se trataba de un juego o un amigo imaginario, los vigilaba desde aquel árbol. No sabía quién era ese "B" ni qué lugar tendría en la vida de Mina, Bárbara o Leo, pero sospechaba que en el misterio de su existencia residía la respuesta que todos estaban buscando.

CAPÍTULO 5

Mientras en el resto de la ciudad anochecía y los habitantes se preparaban para acostarse a dormir, la oficina de policía era un hervidero de conversaciones, discusiones y suposiciones sin fin. Sobre una pizarra acrílica estaban escritos algunos números, garabatos y abreviaturas que no tenían mucho sentido excepto para los entendidos en la materia del caso sobre Bárbara y sus hijos. Era imposible distinguir entre las conversaciones que sostenían los oficiales de policía, los detectives, el jefe del departamento de homicidios, Justo Ramírez, y los familiares de las víctimas, Diana y su esposo Alex, quienes acababan de experimentar horas atrás un posible encuentro con el culpable de los asesinatos de Bárbara y Leo, además de presunto secuestrador de Mina. Los recientes acontecimientos pusieron sobre aviso al departamento de homicidios y Justo Ramírez intentaba dar unas nuevas impresiones al respecto sin que parecieran conclusiones apresuradas. Diana relataba nuevamente lo ocurrido: se encontraba limpiando la casa cuando recibió dos llamadas en las que su interlocutor no se identificó, con la diferencia de que, durante el segundo intento, quiso hacerse notar para dar a entender que se encontraba dentro de la casa. Diana se encerró dentro del cuarto de los niños y sintió cómo la puerta era forzada para entrar. Cuando llegó Alex el intruso había desaparecido, no sin antes dejar rastros de su presencia en el lugar, una ventana abierta previamente asegurada por sus cerrojos y la televisión encendida con un curioso mensaje. Justo alzó su mano exigiendo silencio para exponer lo que pensaba:

—Al principio sospechaba que este caso fue inspirado por

un móvil personal, según el cual la niña Mina era el objeto del deseo de este intruso para hacerse con ella como una especie de padre o mentor. Las últimas apariciones de este sujeto, tanto el día del funeral con el incidente del libro como esta tarde, no solo confirman mis sospechas sino que además me comprueban otra teoría que no deseaba exponer hasta ahora. El sujeto en cuestión se siente satisfecho con su crimen y, además, quiere hacérnoslo saber, especialmente a ti, Diana. Intenta decirnos que ha ganado pero al mismo tiempo no quiere que el juego termine. Partamos del hecho de que se refiere a sí mismo como "el guardián de los juegos". Eso quiere decir que este es el personaje que ha construido, desde su psicopatía, como un refugio y al mismo tiempo, como una justificación para sus actos. Se siente obligado a actuar con base en ese personaje y no puede abandonarlo. Si esto es así, y me lo corroboran sus "mensajes", este sujeto quiere que lo descubramos o derrotarnos en el proceso de esa persecución. En ese sentido, es un alivio porque eso significa que no desaparecerá con Mina. Por otro lado, me preocupa que Mina solo sea parte de un juego mucho más grande en su mente, como una pieza de la que pudiera prescindir cuando haga falta. Debemos ser cautelosos. Especialmente tu, Diana. Creo que este autodenominado "guardián de los juegos" quiere interactuar contigo y que entres en su mundo y bajo sus términos. Personalmente te digo que evites todo contacto con él y no permanezcas sola en sitios solitarios o expuestos, aunque mi instinto profesional me sugiere que solo a través de ti llegaremos al culpable.

Alex lo interrumpió con cierto enojo en su voz:

—Con todo el respeto que su autoridad exige, no me gusta lo que sus palabras sugieren, oficial Ramírez. ¿Acaso quiere que mi esposa sirva como carnada para atraparlo?

Justo intento tranquilizarlo con un tono conciliador:

—No, jamás arriesgaríamos la vida de un civil no entrenado para resolver un caso. Solo le pedimos a Diana que, como ha estado haciendo hasta ahora, se mantenga alerta y ante cualquier sospecha de la cercanía de este aparente "desconocido" lo reporte inmediatamente y evite a toda costa quedar a solas con él. Sospecho que lo ocurrido hace unas horas no dejara de repetirse. Este hombre intenta decirnos algo.

Alex hizo un gesto de desagrado. No le gustaba involucrarse con policías y mucho menos que aquel hombre se dirigiera a su esposa con tanta confianza. Otro oficial subalterno preguntó:

—Ya tenemos los registros de llamadas, ¿cierto? ¿No arrojaron nada sospechoso? Quizá debemos mandar a pedir los de hoy y comparar si existe alguna coincidencia con otro teléfono marcado días antes.

—Ciertamente, ese será el proceso a seguir pero tendremos que esperar. Respondiendo a tu primera pregunta, sí encontramos algo curioso en el registro de llamadas durante la noche del asesinato y aprovecho que Diana se encuentra con nosotros para anunciarlo: la víctima, es decir Bárbara, sostuvo una conversación telefónica hecha por ella misma con otra persona dos horas antes de ser asesinada.

Diana, quien escuchaba a todos intentando no interrumpir a nadie y hablar solo cuando se lo solicitaran, no pudo reprimir una expresión de asombro y curiosidad, preguntando inmediatamente:

—¿Y pueden identificar a quién pertenece ese número?

—Sí, en unos minutos recibiremos esa respuesta. Hemos estado tratando de localizar al dueño y la dirección a la que pertenece dicho número desde que nos facilitaron los registros. Como bien sabes, estos procesos se tardan más de lo que quisiéramos. Ahora bien, Diana, me decías que todos estos sucesos acaecidos el día de hoy te hicieron recordar algo de lo cual no te habías percatado. ¿Quieres compartirlo con nosotros?

Diana asintió y procedió a explicar lo que su memoria ahora no apartaba de su cabeza:

—Es extraño que una persona desconozca muchas cosas que suceden en la vida de alguien tan cercano como una hermana. Hubo épocas en nuestras vidas, entre Bárbara y yo, en las que fuimos muy cercanas y nos contábamos hasta el mínimo detalle y otras temporadas en las que, por algún roce de cierta gravedad, nos distanciábamos. Nuestra última reconciliación fue hace un par de años y desde entonces volvíamos a ser las hermanas cercanas de antes. Al menos, en parte. Bárbara se había vuelto reservada con los años, especialmente en lo que se refería a temas de carácter romántico. Ella solo me presentaba a alguien cuando dicha relación tenía un estatus oficial, pero eso no quiere decir que yo haya conocido a todas las personas que formaron parte de su vida. Sin embargo, últimamente he estado pensando en la posibilidad de que existiera alguien en la vida de mi hermana y sus hijos que yo desconociera. Y esa sospecha me hace pensar inmediatamente en lo sucedido. En general, no encuentro explicación alguna para lo que ha ocurrido hasta el momento. Pero esta tarde, luego del susto que me hizo pasar ese desconocido, recordé una curiosa conversación que mantuve con Mina, sobre la que no había tenido tiempo de reflexionar hasta hoy. Quizá sea una tontería producto de la imaginación de una niña muy creativa como lo es ella.

—Nada parece tener sentido en este caso —puntualizó Justo—. Puede que hoy solo las tonterías de una niña sean lo único capaz de brindarnos la luz que necesitamos para aclarar tan oscuras circunstancias.

Diana prosiguió con su exposición, animada por las palabras de Justo, y les habló de la mención que hizo Mina sobre el guardián de los juegos y su vigilancia tras el árbol, así como del curioso dibujo en el que aquel "guardián" era representado por aquella curiosa silueta sobre la que pendía una letra "B" mayúscula, confesando que no tenía la menor idea de a qué podría referirse o, mejor dicho, a quién.

—Eso es lo que me inquieta —confesó Diana—. Que quizá este "guardián de los juegos" no era un desconocido en la vida de mi hermana y mis sobrinos, pero para mí sí lo era. Y me molesta mucho pensar en ese desconocimiento. Puede que el "guardián de los juegos" sea este hombre identificado como "B" en el dibujo de Mina.

Justo reflexionó largo tiempo sobre lo expuesto por Diana para luego intervenir declarando lo que pensaba al respecto:

—Tiene sentido. Aunque, quizá, no fuera una persona tan importante para Bárbara. Solo un conocido ocasional o un amigo pasajero que, sin embargo, logró conectar mejor con Mina. Al pensar en todo este asunto del "guardián de los juegos" creo que se trata en un compañero con el cual Mina se identifica a la hora de divertirse. La palabra "juego" parece ser la clave de todo este caso. ¿Cómo decía el "mensaje" en la televisión? *¿Estás seguro de querer abandonar este juego?* Eso fue un mensaje muy claro. Un desafío directo. Hay que pensar desde su posición y, aparentemente, esa posición colinda con el imaginario de una niña como Mina. Nuestro implicado, con toda seguridad, es un adulto, pero uno que disfruta los juegos de los niños, que participa de estos y crea sus propios divertimentos a partir de ellos. Si queremos atraparlo debemos pensar del modo en que el "guardián de los juegos" lo hace. Es decir, jugando. Precisamente, si queremos descubrir lo que quiere no podemos abandonar el juego. Pero sospecho que sí tienes razón, Diana. Esa persona formaba parte de sus vidas, de algún modo u otro, aunque tú no lo conocieras. ¿Trajiste la lista que te pedí?

Para sorpresa de Alex, quien no entendía a qué se refería, Diana sacó un pequeño papelito de su bolsillo entregándoselo a Justo mientras afirmaba:

—Sí. Esos son todos los que recuerdo haber conocido y sus respectivas características físicas. Pero ninguno de ellos los vi recientemente en su casa ni cerca de ella.

Justo hizo un gesto afirmativo indicando que comprendía lo que decía, pero agradeciéndole que se haya tomado la molestia de recolectar dichos nombres:

—Muy bien. En todo caso, muchas gracias. Podría sernos de mucha utilidad.

Alex miró a Diana con un gesto confundido, pidiéndole una explicación y Diana le correspondió con otro gesto dándole a entender que luego se lo aclararía. En ese momento irrumpió en la sala de conferencias de la jefatura una mujer con un fax en la mano y se lo entregó directamente a Justo, no sin antes cruzar unas palabras antes de irse. Justo revisó atentamente los papeles que acababa de recibir y una misteriosa sonrisa se adivinó en su rostro cuando le preguntó directamente a Diana:

—Daniel Fernández, ¿lo conoce?

—Sí. Y está reseñado en la lista —señaló Diana—. Fue el último novio de mi hermana. Terminaron hace cinco meses aproximadamente, si las cuentas no me fallan.

—Fue él quien recibió la llamada de su hermana horas antes de ser asesinada —anunció Justo—. Eso quiere decir que fue la última persona que habló con ella.

CAPÍTULO 6

Daniel Fernández se encontraba tomando un cappuccino en una cafetería, contemplando el horizonte matutino con cierta aura de tristeza en su mirada. Cualquiera que lo viera a cierta distancia se detendría a contemplarlo, porque era un hombre guapo, alto y rubio, con unas pocas canas prematuras denunciando una pronta madurez en su cuero cabelludo, pese a estar en esa edad antes de cumplir los 40 años en la que no eres ni muy viejo ni tampoco tan joven. La edad crepuscular y perfecta para reclamar lo mejor de ambas temporadas de la vida y reflejar esa serena belleza de una existencia que se acerca a su atardecer. Apenas se había permitido concederse tiempo para pensar en la muerte de Bárbara desde que se enterara de la noticia por la televisión. En un par de días, se cumplirían dos semanas desde su desaparición física y ni siquiera tuvo la oportunidad de despedirse de ella. Debido al ruido mediático y las incesantes investigaciones policiacas en torno al suceso, consideraba que lo más prudente era mantenerse alejado. Después de todo, Bárbara y él dieron por terminada su relación cinco meses atrás. Recientemente volvieron a coincidir y hubo un chispazo entre ellos, una promesa de reconciliación. Pero era inútil seguir pensando en algo que ya no sucedería, consideraba Daniel. Sin embargo, en un momento de soledad como ese le resultaba inevitable hundirse en la más profunda introspección. Los pensamientos son un pozo al cual nos asomamos para dejarnos caer. A veces solo queremos reflejarnos en su superficie o esperamos adivinar el fondo sin mojarnos. Pero tarde o temprano, por más que intentemos esquivar nuestros pensamientos, estos terminan arrastrándonos hasta ellos para mirarlos de frente.

Así, Daniel no pudo evitar recordar las sensaciones que removieron sus entrañas al escuchar la funesta noticia que envenenaron sus esperanzas hasta hacerlas perecer en el cruel páramo de las imposibilidades. Daniel era un hombre acercándose a la mediana edad que deseaba formalizar una situación emocionalmente estable en su vida y creía que Bárbara era la mujer indicada para lograrlo. Siempre fue un hombre solitario al que le costaba conectarse con otras personas, especialmente cuando se trataba de formar una relación de pareja. En cambio, Bárbara era una mujer poco acostumbrada a estar sola, que buscaba desesperadamente ser acompañada y querida. Puede que esas mismas diferencias de carácter sirvieran para sentirse atraídos el uno por el otro desde la primera vez que se conocieron, aunque también hayan sido las que terminaron apartándolos con el tiempo. Bárbara estaba acostumbrada a mantener relaciones con hombres cínicos y maltratadores que sacaban lo peor de ella, así que cuando se presentaba una situación de disenso entre ambos ella atacaba de la peor manera posible. Un día de discusión, a partir de gritos y vajillas rotas, Daniel estuvo a punto de pegarle, algo que jamás había hecho con ninguna mujer y con nadie en general ya que su temperamento pacífico era poco dado a dejarse llevar por la rabia y mucho menos a responder con violencia. Por eso, durante esa discusión, cuando alzó su mano para darle una bofetada se detuvo enseguida con una expresión de horror en su rostro al encontrarse con la mirada desafiante de Bárbara en un semblante satisfecho. En aquella ocasión, Daniel retrocedió enseguida y ella no dijo ni una sola palabra. Lo que creyó percibir en ese encontronazo, y no le gustó constatarlo, era que probablemente eso era lo que Bárbara estaba esperando de él y hasta deseándolo, para comprobarse por enésima vez que estaba condenada a no ser querida por nadie. En otras ocasiones, durante momentos muy íntimos entre ellos luego de hacer el amor, ella le confesaba que luego de la muerte de su marido ella creía que jamás conseguiría nuevamente el amor y que estaba acostumbrada a que los hombres la maltrataran.

Daniel, entonces, le prometía que él nunca le haría daño y con renovados ímpetus volvía a besarla, arrinconándola entre sus abrazos y asegurándole cuánto la quería y cuánto deseaba darle la vida que merecía después de tanto dolor y vergüenza. Pero entonces lo ocurrido le advirtió sobre algo que no quería aceptar: ella tenía un dudoso talento para sacar lo peor de él, o para revelar un aspecto oscuro que desconocía de sí mismo y que prefería no descubrir. Fue entonces, días después cuando le expresó las razones de por qué consideraba mejor apartarse y no continuar con la relación. Contrario a lo que esperaba, Bárbara fue muy comprensiva con los planteamientos que le expuso y en cambio le dijo:

—También lo he estado pensando. Necesito sanar muchas heridas. Puede que la soledad me convenga para purificarme de tantos malos hábitos producto de mis anteriores relaciones. Quizá no estamos preparados para tanta felicidad. Al menos yo no lo estoy.

Daniel recordaba con claridad la respuesta que le dio durante aquel almuerzo de despedida:

—Quizá nunca estamos preparados para la felicidad, pero no por eso dejamos de intentarlo.

No olvidaba la sonrisa de Bárbara cuando le aseguró:

—Dejemos que el tiempo decida. Como dice la poeta: llamemos tiempo a esto que nos damos.

Pasaron los meses y un día se encontraron de casualidad en la cola de espera de un cajero electrónico. Cruzaron unas pocas palabras y se prometieron llamarse para volver a verse.

Y así lo hicieron. Desayunaron juntos un día y plantearon la posibilidad de seguir viéndose para ver que ocurría. Sin expectativas, solo intentándolo. Esa fue la última vez que la vio y ahora lamentaba no haberle preguntado el nombre de la poeta al que se refería. Luego recibió esa última llamada y el resto era historia de conocimiento público. Ya no quedaba tiempo para darse ni el intento de ser felices. Hace rato que su taza de cappuccino se encontraba vacía y, contrario a lo que se había prometido, en ese tiempo pensó en Bárbara más de lo que lo había hecho desde que supo que ya no se contaba entre los vivos. Para fortuna (o desgracia) sus pensamientos fueron interrumpidos por una llamada en su celular. Al atenderla una voz al otro lado del auricular le preguntó:

—¿Hablo con Daniel Fernández?

—Sí, soy yo el que habla.

—De acuerdo, señor Fernández. Lo estamos llamando porque requerimos su presencia inmediata para testificar sobre un caso de homicidio y secuestro. Si evade la cita, debe atenerse a las consecuencias. Lo esperamos antes de las próximas 24 horas en la siguiente dirección. ¿Listo para anotarla?

* * *

—¿Usted asesinó a Bárbara y su hijo para secuestrar a la niña Mina?—preguntó a quemarropa Justo Ramírez frente al hombre que interrogaba. Daniel Fernández se encontraba sentado en una silla con una actitud calmada, pero con un semblante claramente preocupado. No estaba acostumbrado a ese tipo de tratos y se sentía incómodo estando allí como si se le acusara de algo. Al principio quería evitar el llamado para asistir a la cita como testigo y buscarse un abogado antes de exponerse. Pero consideró que esa acción levantaría sospechas innecesarias en su contra. Daniel asistió de inmediato también por consideración al hecho de que la hija de Bárbara seguía secuestrada y quizá su testimonio pudiera clarificar algo al respecto. Después de todo, no tenía nada que temer. Al inocente se le descubre pronto su falta de culpa. O, al menos, eso creía. Con calma y certeza, Daniel le respondió a Justo:

—Nuevamente lo repito. No tengo nada que ver con el asesinato de Bárbara y su hijo. Y si estoy aquí es precisamente para colaborar con la justicia en lo referente a esa pobre niña secuestrada.

—Parece muy tarde para esa preocupación —contraatacó Justo sin ceder—. Si eso es cierto, ¿por qué no apareció inmediatamente para testificar después de lo ocurrido?

—No lo sé. Supongo que consideré que no era necesario. Bárbara y yo ya no éramos tan cercanos como antes. Recientemente, nos reencontramos pero solo compartimos unas pocas palabras y un desayuno.

—Olvida mencionar lo más importante, señor Fernández —aseguró Justo, con un tono lleno de cizaña.

—No comprendo a que se refiere —respondió Daniel intrigado por las palabras de Justo—. No me parece apropiado que trate a sus testigos como culpables sin ningún tipo de evidencias.

—¿Quiere evidencias, señor Fernández? —preguntó Justo extendiéndole unas hojas para que Daniel las leyera, sin cesar en su interrogatorio— ¿Qué le parecen esas evidencias? ¿Acaso no son lo suficientemente concluyentes para, al menos, mantener una sospecha razonable contra usted?

Confundido Daniel no entendía a qué se referían ese conjunto de números y fechas registrados en las hojas que Justo puso ante sus ojos:

—Sigo sin comprender, oficial Ramírez. ¿Qué son todos esos números y en qué podrían implicarme?

—Pues lea atentamente —aconsejó Justo—. ¿No reconoce ninguno de esos números? Eso que tiene en sus manos, por si no se ha dado cuenta o finge no hacerlo, es un registro de llamadas telefónicas y las fechas en que fueron realizadas.

Ingenuamente, Daniel sonrió al reconocer su número y señalarlo:

—Este es el número de mi teléfono móvil.

Justo cínicamente lo siguió animando:

—Exactamente, señor Fernández. Ya ve que qué no es tan difícil. ¿Ya puede adivinar a qué casa corresponde ese registro de llamadas y por qué lo hemos llamado a comparecer ante nosotros? —la confusión de Daniel se transformó enseguida en comprensión y una sombra de miedo nubló sus ojos, algo que al instinto de Justo no se le escapó, prosiguiendo con sus acusaciones—: Así es, ahora veo que comprende, se trata del registro de llamadas que se hicieron desde la casa de Bárbara en los últimos días y su número coincidencialmente fue el último que recibió una llamada que fue atendida, unas pocas horas antes de que ocurriera el asesinato. ¿No le parece sospechoso?

Daniel hizo un gesto mecánico de asentimiento y sintió que el pulso se le aceleraba. Su corazón retumbaba como una fanfarria de guerra anunciando calamidades sobre su cabeza. No tenía nada que temer y, sin embargo, se sentía asustado y consternado. Cuando descubrió en las noticias que Bárbara había sido asesinada prefirió desconocer los detalles sobre tan funestos acontecimientos. No tuvo tiempo hasta ese momento, al ver su número telefónico al lado de la correspondiente fecha y hora en que transcurrió dicha llamada, para darse cuenta de que aquella conversación telefónica sucedió tan inmediatamente cercana al tiempo en que fue asesinada posteriormente. Se le hizo aún más doloroso el acontecimiento y comprendió que le afectaba profundamente descubrir, como no se había concedido antes el tiempo de hacerlo, que ya nunca volvería a hablar con Bárbara y que las promesas que se hicieron en el transcurso de su última conversación, con toda seguridad representaron la esperanza que revoloteaba en el corazón de ella antes de acostarse a dormir sin saber que el destino tenía otros planes para ellos o, para ser precisos, sin concederles la fortuna de tener un plan ni un futuro. Tomar consciencia de todas estas cosas en una situación como esa, mientras era interrogado, trajo consigo un derrumbe emocional. No pudo evitarlo y, sin importar la presencia de Justo, comenzó a llorar. Quiso ocultar las lágrimas, pero era inevitable. Solo quería seguir llorando hasta que el día llegara a su fin, así como concluía para siempre el tiempo que él y Bárbara prometieron darse. Apenas alcanzó a pronunciar a modo de balbuceo:

—No lo sabía. Fui la última persona en hablar con ella. De haberlo sabido, quizá hubiera podido impedirlo. O hubiera podido decirle tantas cosas que no le dije creyendo que ya habría tiempo para declararlas. Yo la amaba y nunca se lo dije. Le dije lo mucho que la quería y cuánto deseaba compartir mi vida con ella. Pero no que la amaba. Me daba miedo decírselo. Pensaba que era demasiado obvio para decirlo. Hoy me doy cuenta que necesitaba decírselo. Que me sentiría un poco mejor de habérselo dicho. Al amor nunca hay que callarlo. Quería que nos diéramos una nueva oportunidad. Nos habíamos prometido considerarlo después de varios meses sin vernos. Y ahora ya es tarde. Me merezco estar aquí. Yo pude haber hecho más por ella. No haberla dejado sola, haberme decidido antes como se lo declaré aquella noche y quizá, para entonces, salvarla de ese monstruo.

Daniel procedió a contar el contenido de esa llamada y lo que hablaron durante esa conversación: la decisión final de reanudar su relación con Bárbara, volver a formar parte de su vida y vivir juntos como una familia. Para cuando Daniel terminó su declaración no hizo otra cosa sino abandonarse nuevamente a su llanto. Por su parte, Justo permaneció mudo sin saber qué objetar o qué seguir preguntando Se sentía profundamente conmovido por el dolor de aquel hombre. Su instinto policiaco, generalmente impulsado a creer lo peor de las personas y desconfiar de sus palabras, se enfrentaba a su compasión humana, librando una batalla que en aquella oportunidad se decantaba a favor de la virtud. No sabía cómo corroborarlo ni de qué manera justificaría su confianza, pero para él no quedaba lugar a dudas que la declaración de Daniel Fernández era completamente honesta y transparente y que su dolor era verdadero. Sin embargo, necesitaba seguir preguntando. Tratar de encontrar alguna respuesta clara entre tanta confusión. Seguían igual que antes, sin un sospechoso, sin una respuesta concluyente y con una niña secuestrada y mantenida cautiva en algún lugar de la ciudad. Pasados unos minutos de silencio, Justo interrumpió el llanto de Daniel prosiguiendo con el interrogatorio, pero con mayor delicadeza en su verbo:

—Señor Fernández, le creo. Probablemente deberá comparecer a unos cuantos llamados más, pero sinceramente le creo que usted no tiene nada que ver con lo ocurrido. Lamento mucho su dolor. De haber venido antes nos habríamos ahorrado las sospechas infundadas en su contra. Comprenda que así son los procedimientos y que nadie es culpable, o para el caso inocente, hasta que se demuestre lo contrario. Ya habrá tiempo para demostrar su inocencia en otras instancias si surgen nuevos interrogatorios, pero por mi parte no tengo ninguna razón para retenerlo ni sospechar de usted. De buena fe le recomiendo que no abandone la ciudad mientras el caso siga abierto para evitarse nuevas acusaciones. Usted no tiene nada que temer, compórtese como tal.

Daniel, un poco más calmado que antes, secó las lágrimas que empañaban sus ojos e inspiró profundamente antes de contestar, aún sin moverse de su asiento de interrogado:

—Me siento un poco mejor estando aquí. Gracias por escucharme y, sobre todo, gracias por creerme. No quería aceptar la muerte de Bárbara y pensaba que manteniéndome lejos de toda esta vorágine de horror evitaría tener que enfrentarme con el dolor. Y necesitaba llorar por ella. Necesito seguir sufriendo por ella en nombre del amor que sentía y para ser fiel a la promesa que nos hicimos de estar juntos. Quizá ella se haya ido, pero ya nunca podré apartarla de mi alma. El amor es una sensación muy rara, es capaz de permanecer a pesar de ausencias y olvidos. Quizá se queda en el fondo un poco oculto o, en cambio, siempre se mantiene a la vista. Pero nunca deja de estar allí. Y no, no me iré a ninguna parte. No quiero abandonarla ahora que puedo hacer algo para salvar a su hija. Es lo que ella hubiera querido, porque ella amaba a sus hijos más que ninguna otra cosa en el mundo. Por amor a ella y por respeto a su memoria, no soportaría saber que ese criminal se salió con la suya. Necesitamos encontrarlo y necesitamos hallar a Mina. Ella merece tener una vida feliz lejos de tanta desgracia. Yo también necesito saber quién fue capaz de hacer una cosa como esta y ver que se haga justicia. Quizá sea un deseo muy egoísta y personal, pero quiero verle la cara a ese ser humano y ser testigo de su hundimiento. Esto no puede quedar impune. ¿Cómo es posible que ocurran cosas como esta? ¿Cómo podemos soportar vivir en un mundo donde le ocurren cosas malas a la gente buena?

—Esa es la razón por la que vengo a trabajar todos los días —declaró Justo en un tono reflexivo— , porque me resisto a creer en un mundo así. Me resisto a dejar que el mundo entero se convierta en el peor lugar imaginado para las mejores personas. Y lo que me consuela de este trabajo, a pesar de lidiar con tantos casos horribles y destinos fatales que nadie merece a causa de la existencia de tanta maldad, es saber que puede hacerse justicia. No podemos enmendar todos los daños, pero podemos impedir que se repitan o que empeoren. Podemos asegurarnos que, al menos por una vez en la vida, triunfe el bien y venzan los inocentes por encima de la oscuridad. En mis años de trabajo no me queda duda alguna sobre la existencia del Mal. Está en todas partes y gana muchas batallas, pero no por eso debemos rendirnos. Porque rendirse es extender la oscuridad del mal hasta nuestros corazones. Le aseguro, como se lo prometí a la hermana de Bárbara, que no descansaré hasta encontrar a Mina. Y la encontraremos viva para que tenga la vida que merece. Al final, todo esto no será más que una pesadilla.

Renovadas lágrimas corrieron por el rostro de Daniel al escuchar la entereza de Justo y, motivado por su compromiso, no dudó en reiterar su apoyo:

—A partir de ahora, estoy comprometido contigo, con Mina, con Leo y con Bárbara. Si hay algo que yo pueda hacer, no dudes en llamarme.

—Lo que necesitamos es saber más —aseguró Justo—, tener una pista clara. El asesino ha intentado contactar a Diana un par de veces. Es un sujeto peligroso que disfruta con la persecución y que quiere jugar con nuestras mentes. Pero desconocemos la vida de Bárbara. Incluso hay muchas cosas que su hermana no sabe. Quizá usted la conoció mejor. ¿Tiene idea de quién podría haber hecho esto? ¿Existía alguien en su vida que quizá desconocemos? ¿Un amigo, por ejemplo?

—Cuando conocí a Diana ella no tenía amigos. Le tenía mucho miedo a la soledad pero, contradictoriamente, muy pocas personas llegaban formar parte verdaderamente de su vida. Supongo que ya han hablado con todos sus vecinos, los cuales tampoco eran muy cercanos a ella. Su hermana, Diana; su cuñado, Alex; sus hijos. Y en algún momento yo. A eso se reducía su círculo social. Eso era todo en su vida. Y aquel chico raro que cuidaba de los niños, pero supongo que ya habrán hablado con él.

Para sorpresa de Daniel el rostro de Justo se desencajó al escuchar este último dato y no tardó en preguntarle:

—¿Qué chico cuidaba de los hijos de Bárbara?

—¿Diana no lo conoce? —inquirió Daniel confundido por la reacción de Justo—.No es un mal chico solo que era bastante raro. Le gustaba hablar cosas que nadie comprendía. A veces peleaba con Leo pero Mina lo quería mucho y Bárbara le tenía cierto cariño porque era huérfano como ella. Bárbara y yo discutimos un par de ocasiones porque en aquel entonces me parecía inapropiado que ella le diera tanta importancia dentro de su casa. Pero ella lo quería como el hermano varón que nunca tuvo y yo respetaba eso. Pero no entiendo la sorpresa ¿Acaso no fue al funeral?

—No. Es la primera vez que escucho sobre su existencia —aseguró Justo—. Alguien que formaba parte de su vida y que no se presentó a declarar. Ese es un potencial sospechoso. Como usted, sin ofender. Puede decirme otra cosa sobre este joven, ¿qué aspecto tenía?, ¿cómo se llamaba?

—Era muy alto y desarrollado para su edad, pero lo primero que llama la atención sobre él es que, a pesar de su estatura, también luce desgarbado y torpe. El cabello negro medio largo y de apariencia grasosa. No sobrepasa los 19 años. Yo siempre olvidaba su nombre y luego prefería no preguntarlo a cada instante esperando que alguien lo mencionara. Era un nombre que sonaba grandilocuente, por eso me costaba retenerlo. Be... Ba... Nunca pude aprenderlo.

Esta revelación casi contaba como una epifanía. Inesperadamente, esta nueva información constituía un dato importante que ameritaba una investigación inmediata. Se trataba de la mejor pista para resolver el caso que habían conseguido desde el descubrimiento del registro de llamadas. Justo no pudo ocultar su satisfacción por aquel descubrimiento:

—¿"B"? ¿Su nombre comienza por "B"? ¡Ahora tenemos algo!

CAPÍTULO 7

—Soy Graciela Carmona, reportando desde el estudio 5 de nuestro canal. Seguiremos informando sobre los aparentes adelantos en el caso de homicidio y secuestro del caso Bárbara y sus hijos. Que tengan un buen provecho.

Una vez que las cámaras dejaban de grabar, Graciela sentía que la realidad perdía fuerza y los colores todo su brillo. El mundo se sentía más vivo cuando una audiencia espera por ti y te celebra. Los últimos días habían sido bastante agitados luego de lo ocurrido durante la última e inesperada rueda de prensa que diera Justo Ramírez sobre el caso. La mañana anterior mandaron a llamar inesperadamente a distintos medios y periodistas, con la finalidad de "ofrecer una visión transparente de la verdad" y confirmar "que cada vez se encontraban más cerca de descubrir el paradero de Mina". A Graciela le parecía que todo aquello fue teatro y pantomima para calmar las sospechas en contra de la ineficiencia de su apartamento. Ellos insistían en que ya contaban con un sospechoso, pero mientras las investigaciones al respecto no dieran resultados concluyentes les estaba prohibido dar declaraciones tempranas que solo empeorarían la situación. Si esto era cierto, Graciela necesitaba descubrir antes que nadie quien podría ser ese supuesto sospechoso. La clave se encontraba en el registro de llamadas que, según le informó una fuente confidencial que trabajaba para la central telefónica, arrojó una supuesta llamada hecha horas antes del asesinato de Bárbara y Leo. Otra peculiaridad fue que en la rueda de prensa a la cual ella asistió pudo notar la presencia de un hombre al cual nunca antes había visto, con el rostro triste y una actitud afectada por la pena, de pie junto a Diana y el esposo de esta. Graciela enseguida supo que necesitaba saber quién era ese hombre y descubrir de qué manera estaba relacionado con el caso, por lo que hizo uso de sus artimañas para extraerle la información a un policía poco avezado al cual solo le guiñó un ojo y le dio una palmadita en el hombro a modo de coqueteo fingido. Fue entonces cuando supo que se trataba del exnovio de la difunta. Puede que Diana haya sido tajante en sus negativas y Justo fuera intratable, pero quizá este hombre adolorido por la muerte de una mujer, a la que aparentemente quería mucho, sí estuviera dispuesto a dar declaraciones públicas. Como necesitaba conocer esa información le escribió al policía tonto del cual se había hecho amiga que le averiguara dónde podría encontrar a ese hombre, asomándole discretamente la falsa promesa de una cita si cumplía con lo que estaba pidiendo. Ya habían pasado varias horas, cuando de pronto recibió un mensaje por cortesía de su "enamorado" con un nombre, un teléfono y una dirección. La información que estaba esperando. Sin tomarse la molestia de agradecerle a su cómplice, Graciela ya tenía cubierto sus planes para la tarde. Antes de salir del canal de televisión hizo una nueva llamada a su fuente de la central telefónica, preguntándole:

—No tienes que hacer nada, solo responderme si o no. ¿De acuerdo?

Al otro lado tardaron en darle una respuesta aparentemente afirmativa que la animó a seguir con su interrogatorio:

—Te voy a dictar un teléfono y tú solo tienes que decirme si se trata del mismo número telefónico registrado en casa de Bárbara. Descuida, no divulgaré esa información en mis programas sino las conclusiones que saque a partir de ese conocimiento. Hablaré del pecador, pero no del pecado. ¿Me entiendes?

Una nueva pausa al otro lado del auricular y Graciela dictó el número telefónico de Daniel Fernández a su fuente confidencial de la central telefónica. Aparentemente la respuesta que le dieron la dejó satisfecha porque no pudo evitar soltar un sonoro:

—¡Bingo!

* * *

Daniel y Diana compartían una taza de café en silencio. Ella lo había citado en su apartamento luego de recibir la debida cuenta del interrogatorio por parte de Justo y le conmovió sobremanera el sufrimiento de Daniel y los sentimientos que profesaba por su hermana. Un mismo dolor los unía y tendía puentes de compasión por encima de cualquier silencio. Era extraño compartir semejante pena con otra persona a la cual conocía muy poco. De todos los novios que Bárbara le presentó a Diana, este le parecía el mejor partido que había conseguido desde su esposo, por lo que lamentó que su hermana le anunciara el fin de dicha relación. Posteriormente, nunca supo que Bárbara y él volvieron a verse y tuvieran planes de volver hasta ese momento. Nuevamente, lo mucho que desconocía sobre la vida de Bárbara ahondaba el abismo entre ellas, incluso después de muerta. Necesitaba hablar con Daniel, conocer cómo era su hermana desde otra perspectiva para llenar tantos vacíos de sentido. Quizá entre los dos llegarían a una pista concreta sobre el paradero de Mina, que en aquel momento seguía siendo lo más importante. Apenas eran las dos de la tarde y Alex se encontraba en pleno cumplimiento de su jornada laboral. Diana miraba el fondo de su taza de café, como esperando conseguir una respuesta en aquel pozo negro y caliente, incapaz de decir algo aunque tuviera tantas cosas por preguntar. ¿Cómo consolar a un extraño que padece la misma pena que te atormenta y nadie puede calmar? Fue Daniel quien se animó a charlar:

—Cuando Bárbara y yo salíamos, ella hablaba mucho de ti. Siempre tenía miedo que te sintieras decepcionada de ella. Te admiraba mucho, Diana. Quizá por eso hay tantas cosas que desconoces de su vida. Ella no quería defraudarte, pues vivía pensando que todo le saldría mal. Le costaba creer en su felicidad.

Diana dejó de ver su taza de café para observar directamente los ojos de Daniel agradeciéndole sus palabras:

—Me pesa mucho que Bárbara pensara que yo no la apoyaría. Durante mucho tiempo fue muy rígida con ella. Pero me preocupaba que desperdiciara su vida y sobre todo que afectara en alguna forma la felicidad de mis sobrinos. Pero no debí ser tan dura. Hoy esa inflexibilidad me resulta costosa y me siento de manos atadas cuando pienso en Mina. El tiempo se agota.

—¿Lograron contactar a aquel muchacho? —preguntó Daniel—. Mientras más pienso en él más me convenzo de que puede ser el culpable de todo esto. Era un muchacho afectado e introvertido, pero muy creativo. No lo creería capaz de asesinar, pero uno nunca conoce del todo a las personas. Todo eso del "guardián de los juegos" suena como una cosa de niños. Tu hermana y yo discutimos un par de veces por su presencia en la casa, porque me parecía inadecuado. Luego dejé de verlo en la casa. Al menos cuando yo iba a visitarla, no lo encontraba y sospecho que Bárbara le prohibió visitar su casa al menos mientras yo estuviera. Ella le profesaba un cariño maternal que nunca comprendí.

Muchos pensamientos cruzaron por la mente de Diana, intentando recordar si lo había conocido:

—¿Cómo es posible que nunca lo haya visto? Sí recuerdo

algunas ocasiones en las que Bárbara me pedía que cuidara de los niños, pero yo estaba muy ocupada. No tenía idea de alguien que los cuidara cuando ella se ausentara. Pero si es así, fue bastante irresponsable de su parte dejarlos a merced de un extraño. No quiero juzgarla, pero quizá por eso nunca lo mencionó.

—Para ellos no era un desconocido, Diana. Mina lo quería mucho, me consta. Le gustaba jugar con los niños y Bárbara decía que necesitaban un amigo. Yo tampoco comprendía su presencia ocasional en la casa. Me sentí mejor cuando ya no lo vi y no quise hacer preguntas al respecto. Desconozco si, cuando terminamos la relación, aún seguían en contacto. Pero, actualmente, puede ser la única pista plausible. Como le dije a Justo, no me atrevería a acusarlo, pero es importante que lo busquemos para aclarar nuestras dudas al respecto.

—Tenemos que contactarlo, Daniel —afirmó Diana—, pero necesitamos que recuerdes su nombre o algún otro dato que nos ayude a encontrarlo. De lo contrario, seguimos igual que antes. Y tengo mucho miedo. El supuesto "guardián de los juegos" ya ha intentado contactarme dos veces y la última vez fue una situación peligrosa. Temí por mi vida ese día.

—Tienes que cuidarte mucho, Diana —aconsejó Daniel—. Es grave todo lo que me han contado, como si se tratara de un juego siniestro orquestado por una mente enferma. Me estoy partiendo la cabeza intentando recordar su nombre, pero fue hace tanto tiempo, desde la última vez que coincidimos en casa de Bárbara. Aquel muchacho era ese tipo de personas que siempre pasa desapercibido y a nadie le importa mucho recordarlo. Por eso Bárbara tenía debilidad por él. Ella a veces se sentía así.

Diana seguía reflexionando sobre la existencia de este personaje desconocido para ella, cuando de pronto recordó la última conversación que tuvo con su hermana en la entrada de su casa:

—Estoy recordando algo. El día del cumpleaños de Mina, mi hermana mencionó que comenzaría a trabajar la semana próxima. Y cuando le pregunté sobre quién cuidaría los niños ella me dijo que le pagaría a alguien y que no era la primera vez.

—Seguramente hablaba de ese muchacho —supuso Daniel—. Creo que en un principio ella le pagaba para cuidar los niños como una forma de ayudarlo.

Ambos siguieron conversando unos minutos más antes que Daniel anunció que debía irse para continuar con las formalidades propias de su testimonio. Justo Ramírez lo estaba esperando. Diana le abrió la puerta y antes de despedirse, Daniel la tomó de la mano con un gesto fraterno, asegurándole:

—Tu hermana te amaba, nunca dudes de eso. Ella no quería preocuparte. No te sientas culpable por nada de lo ocurrido. Concentremos nuestros esfuerzos en buscar a Mina.

Diana se sintió animada a darle un abrazo fraterno antes de despedirse. Ella se introdujo de inmediato a su apartamento y cerró la puerta con doble seguro. Daniel dudó por un instante cuál era el mejor camino a seguir para acercarse al departamento de policías, por autobús o por tren. Tras unos breves segundos de reflexión, optó por acercarse a la parada de autobús, que se encontraba a unas pocas cuadras de distancia siguiendo por esa misma acera. La calle estaba solitaria, solo alterada por la ocasional presencia de vehículos que iban y venían. Sin prisa, disfrutó el instante de soledad para reflexionar mientras caminaba. Nuevamente intentó recordar el nombre de aquel muchacho, pero su memoria esquivaba ese dato a pesar de todos sus deseos por rememorarlo. Apenas precisaba en su mente una imagen mental de sus rasgos físicos, su cara triste coronada por una mata de cabello negra y en apariencia grasosa. Ni siquiera recordaba su voz. Tan impersonal era su presencia que se transparentaba en su memoria con la mancha de su insignificancia. Las personas más sorprendentes suelen ser aquellas que nadie toma en cuenta, pero también algunas de las más peligrosas pueden surgir entre quienes se sienten ignorados por el mundo. Al llegar a la parada de autobuses la encontró desolada y sin nadie esperando, para su fortuna. A Daniel le gustaban los espacios solitarios porque así se ahorraba el roce humano azaroso y la obligada necesidad de entablar conversaciones intrascendentes sobre el estado del clima o la economía del país. Una vez allí, se apoyó contra la estructura techada bajo la cual los transeúntes esperan la llegada del autobús. Al otro lado de la acera se apreciaban unos callejones que conducían a basureros y un poco más al fondo una extensión de césped que se perdía a lo lejos en lo que quizá fuera el comienzo de un parque o una plaza, pero que no lograba distinguir con precisión. Sus cavilaciones se vieron interrumpidas por el tono de su celular indicándole que alguien lo llamaba. Daniel vio que se trataba de un número desconocido. Enseguida supuso que se trataba de una llamada por parte del departamento de policías y no tardó en atender:

—Buenas tardes, ¿quién habla?

Para su sorpresa una voz dulce de mujer respondió al otro lado del auricular preguntándole:

—¿Hablo con el señor Daniel Fernández?

—Sí, soy yo. ¿Con quién hablo?

Luego de una pausa la voz femenina se identificó:

—Soy Graciela Carmona, conductora del canal local. Queríamos saber si podemos contar con usted para hacerle una entrevista en el canal sobre el caso de homicidio y secuestro en el cual su nombre se encuentra envuelto como sospechoso.

Una sensación de indignación recorrió el cuerpo de Daniel al escuchar el tono condescendiente con el que esa periodista lo acusaba directamente de algo, haciéndolo sentir como un implicado. Daniel se dispuso a corregirla con un tono severo:

—Mire, señora. Exijo respeto. Mi nombre está relacionado con el caso de Bárbara y sus hijos como testigo y no como sospechoso. Cualquier duda que usted tenga al respecto comuníquese directamente con las autoridades pertinentes, de lo contrario pondré una denuncia por difamación y acoso.

Graciela quiso enmendar la situación afinando su tono comprensivo:

—No era mi intención, señor Fernández, hacerlo sentir culpable. Las cosas sobre este caso se están llevando de una manera muy accidentada y el público tiene derecho a saber lo que está ocurriendo. Un asesino y un secuestrador de niños anda suelto. Pero, precisamente, si nos deja entrevistarlo podrá aclararnos esas dudas que pesan sobre su nombre.

—¿La gente? Deje de usar a los demás como excusa para sus propias...

Daniel interrumpió su reclamo al descubrir un hombre al otro lado de la calle viéndolo fijamente. Tardó unos segundos en comprender de quien se trataba y sintió un escalofrío cuando finalmente lo identificó: el muchacho que cuidaba a los hijos de Bárbara cuyo nombre no podía recordar, el sospechoso que todos estaban buscando, justo frente a sus ojos, a una acera de distancia como única separación. La voz de Graciela preguntaba con insistencia en el teléfono:

—Señor Fernández, ¿sigue allí? Todo bien.

Haciendo contacto visual con el joven este alzó la mano

saludándolo con una sonrisa siniestra en el rostro. Luego se miraron fijamente sin moverse, cada uno atento a los movimientos del otro. Daniel no quería asustarlo, así que siguió hablando por teléfono con naturalidad sin perderlo de vista con un tono de voz bajo que no pudiera escucharse a la distancia:

—Escúcheme atentamente, señorita Carmona. Llamé a la policía inmediatamente. Estoy en la parada de autobuses que queda cerca de la casa de Diana. Frente a mí se encuentra el principal sospechoso del caso. No puedo dejar que se escape.

—¿El principal sospechoso? ¿De quién se trata? —preguntó Graciela con curiosidad, sin ser consciente de la gravedad sobre lo que estaba escuchando.

Daniel perdió la paciencia, gritándole:

—Ocúpese en lo importante y haga lo que digo —y luego gritando a lo lejos—: ¡Espera! ¡Detente!

El muchacho percibió la alteración de Daniel en su tono de voz y salió corriendo cuesta abajo hacia el camino cubierto de césped. Daniel guardó el teléfono en el bolsillo de su camisa sin tiempo para colgar la llamada y quiso correr al otro lado de la calle, pero el paso de un automóvil en su camino retrasó su camino para llegar al otro lado. Graciela no colgó la llamada y su voz seguía preguntando sin ser escuchada:

—¿Qué está ocurriendo?

Daniel corrió en dirección al lugar donde creyó ver al muchacho bajar, aumentando su velocidad. A los pocos segundos se encontró en la vastedad de un parquecito infantil, pasando al lado de toboganes, sube y bajas, ruedas y columpios. Ni rastro del muchacho en aquel lugar. Su determinación le hizo continuar corriendo en dirección a una pendiente de arboles que se veía a lo lejos. Al llegar al otro extremo se dio cuenta de que había una pendiente que bajaba hacia un monte lleno de vegetación y no supo si saltar hacia abajo o quedarse allí. No estaba seguro de si el muchacho se escapó por allí o en cambio permanecía oculto en algún lugar. Cerca de allí vio una pequeña caseta techada, inmediatamente próxima a los aparatos del parque. De forma instintiva se dirigió hacia allá, pero aminorando su paso, tratando de ver a su alrededor para captar cualquier anomalía. El cielo comenzaba a nublarse y el lugar lucía solitario, además de poco frecuentado. Daniel pudo notar, al acercarse nuevamente a los aparatos que no había tenido la oportunidad de apreciar, que se encontraban oxidados, cubiertos de hojas y en mal estado. Era un parque abandonado al que desde hace tiempo no se le hacía mantenimiento. Tuvo un sobresalto cuando vio una sombra pasar a sus espaldas, pero enseguida respiró aliviado al ver que se trataba de un gato negro, inmóvil a cierta distancia, observándolo con desconfianza como quien vigila los pasos de un intruso dispuesto a atacarlo si da un paso en falso. Ignorando al gato, le dio la espalda y se dirigió hacia la caseta intrigado por lo que podría ocultar, aunque para ese momento ya consideraba que probablemente el muchacho se le escapó definitivamente. Sin embargo, necesitaba salir de dudas y hacer todo lo que estuviera a su alcance para encontrarlo si todavía seguía cerca. De eso dependía la vida de Mina y su juramento personal de asegurarse que estaba bien. Pese a la seguridad de su determinación, su cuerpo traicionaba sus verdaderas emociones. Sudando frío, las manos le temblaban y sentía la respiración acelerada producto de la carrera inútil a la que sometió su cuerpo tras la persecución del muchacho. Al llegar a la puerta de la caseta se aseguró de rodearla en toda su extensión antes de entrar. Tres pipotes de basura se encontraban en una esquina. Se sintió tentado de abrirlos, pero consideró que era una estupidez que alguien se escondiera allí y aquel muchacho tan alto apenas cabría dentro de uno de esos. Antes de entrar a la caseta se apoyó en una pared tratando de recuperar la respiración. Hasta entonces se daba cuenta que su cuerpo ya no estaba apto para ese tipo de esfuerzos, especialmente considerando que nunca fue un hombre deportivo ni destacado en lo referente a fortaleza física y resistencia. Ya más calmado y con la respiración controlada empujó la puerta de la caseta, la cual cedió con facilidad. Para su sorpresa al entrar con cautela se encontró con un baño sucio con tres pares de cubículos con puertas al fondo dispuestos uno al frente del otro formando un pasillo corto, con sus respectivos inodoros dentro de cada uno de ellos. En una esquina se apreciaban tres urinarios pegados a la pared y en otra, dos lavamanos que probablemente no funcionaban. El espacio reducido solo limitaba la búsqueda a los seis cubículos, específicamente cuatro ya que el resto se encontraba con las puertas abiertas revelando que solo albergaban inodoros secos con su tapa rota en el interior. Daniel consideró prudente agacharse para ver si descubría a alguien oculto en su interior antes de abrir esas puertas y eso hizo, pero no vio ningún pie sobresaliendo o una sombra que denunciara dicha presencia. Por no dejar, fue abriendo las puertas una a una para encontrarlas vacías a excepción de la última, la única con tapa cerrada sobre la cual encontró una peluca de afro multicolor y una esferita roja. Impulsado por la curiosidad se inclinó para recoger ambos objetos. El afro de mala calidad presentaba diversos colores dentro de la gama del arcoíris mientras que la esferita roja se trataba de una nariz de payaso hecha de goma que presentaba una liga transparente para sujetársela en la cara. Distraído por su descubrimiento, fue muy tarde para él darse cuenta que alguien se aproximaba a sus espaldas hasta que alzó la mirada y vio la sombra de un brazo empuñando un cuchillo, apenas pudo voltearse cuando se encontró de frente con el muchacho quien le asestó una cuchillada en el pecho acompasada por un grito de pánico que luego se transformó en alarido de dolor. La sangre brotaba a borbotones, como una fuente, mientras el cuerpo se desplomaba de espaldas. Daniel se llevó la mano al pecho intentando detener el flujo de sangre y observando con una expresión de horror en su rostro agonizante como el muchacho se disponía a colocarle el afro multicolor y la nariz de payaso sobre su rostro sin decir una sola palabra ni emitir sonido alguno, pero con una fiera sonrisa manchando de maldad su impersonal rostro. Daniel quería hablar, preguntarle las razones por las cuales hacía tantas cosas terribles, pero temía agotar tan temprano las fuerzas que lo mantenían aferrado a su moribunda vida. Ya luego de "disfrazarlo" el muchacho se situó frente a él para arrastrarlo de una pierna, sacándolo de la caseta y caminando en dirección a los aparatos oxidados del parquecito. En el camino, ya fuera de la caseta, Daniel volteó la cabeza en su intento de mantenerla alzada para no golpearse mientras lo arrastraban y para su sorpresa vio los pipotes de basura caídos y desperdigados en el suelo. Con la mano aún sujeta al pecho descubrió su celular en el bolsillo de la camisa. Y a su memoria vino un recuerdo que le iluminó la consciencia como una revelación. Haciendo una maniobra para sacarlo a medida que el muchacho empeñaba su fuerza y su concentración en arrastrarlo hasta la rueda en el centro del parque finalmente consiguió ponerlo en su oído y pudo escuchar que al otro lado la voz de Graciela seguía allí, expectante:

—¿Qué son esos gritos? ¿Qué ocurre?

Daniel apenas pudo gritar, haciendo acopio de todas sus fuerzas, que lo abandonaban:

—¡Bautista! ¡Se llama Bautista!

Graciela reconoció la voz de Daniel sin comprender por qué gritaba de ese modo:

—¿Bautista? ¿Quién es Bautista?

Daniel quiso seguir hablando pero el muchacho ya había escuchado su grito y lo soltó de inmediato, a unos pocos pasos de llegar a la rueda de juegos. Le arrebató el celular de las manos y colgó la llamada, alzando el cuchillo una última vez y clavándolo sobre el cuerpo de Daniel quien soltó su exhalación final, a medida que un gato negro lamía con gusto el charco de sangre a su alrededor.

CAPÍTULO 8

—*¡Mamá! ¡Te prometo portarme bien! Pero regresa.*

El sueño de Mina era intranquilo y lleno de pesadillas, sin noción del tiempo real, indiferente al conocimiento de si era de día o de noche, la hora de dormir o la de despertar. Apenas transcurría su segunda semana encerrada en aquel cuarto de juegos y desde hace días reclamaba la presencia de su madre, de su hermano Leo, de su tía Di y hasta de su tío Alex, sin obtener otra respuesta distinta a la presencia obligatoria de su captor a quien no debía llamar por su nombre, para no enojarlo, y sí, en cambio, reconocerlo como le gustaba ser nombrado: "el guardián de los juegos". Sin embargo, Mina despertó de su pesadilla sin encontrar una voz respondiendo a su llamado desesperado. Desde aquel confinamiento esa soledad no le era ajena. El guardián de los juegos le decía que era importante que permaneciera tranquila durante su ausencia, porque él se encargaría, mientras tanto, de que nada le faltara. Le explicaba que, para cumplir su promesa no le quedaba sino salir al mundo exterior para traerle comida y juguetes. Siempre traía un nuevo juguete para el cuarto de juegos. Así lo llamaba, tal como el guardián de los juegos le dijo que lo hiciera: el cuarto de los juegos, su cuarto de juegos, propiedad exclusiva de Mina. La pequeña niña se estrujó los ojos, como si gracias a ese ínfimo gesto lograra apartar las pesadillas que la atormentaban y de cierto modo funcionaba. Su memoria de infante poco dispuesta a insistir en la pesadumbre, a diferencia de la memoria del adulto, apartaba la desdicha y enseguida buscaba mecanismos para distraerse y jugar. Y en aquel cuarto no faltaban herramientas para ello. Lo primero que hizo Mina al incorporarse fue encender la linterna

que el guardián de los juegos colocaba al lado de su cama y
con ella guiarse para llegar hasta el otro extremo del cuarto
donde se encontraba el interruptor de luz. Al encenderlo
siempre le emocionaba el espectáculo que se presentaba ante
sus ojos: una piscina de pelotas de plástico, peluches de su
tamaño y hasta un poco más grandes, pistas de carreras,
castillos desmontables, balones de gran tamaño, una bicicleta
de cuatro ruedas, juegos de mesa, un mini fútbol, un
monopatín, colchones plegables decorados con dibujos
animados, dos consolas portátiles con juegos virtuales y hasta
una gran carpa dentro de la cual también podía dormir si se
aburría de la misma cama. Infinidad de juegos y juguetes, a su
alcance y sin restricciones, completamente suyos. Si recordaba
a su madre, o de pronto le asaltaba el recuerdo lejano de la
noche de pesadilla, a los pocos segundos cambiaba de juego y
el olvido era instantáneo. Al perder la noción del tiempo,
siempre albergaba la certeza de que su madre estaría a punto
de venir a buscarla y acabaría así con su diversión, por lo cual
prefería jugar simultáneamente todos los juegos posibles y
disponibles hasta que la vencía el agotamiento o el estómago le
recordaba que ya era hora de comer. Cuando eso ocurría,
durante el tiempo correspondiente al almuerzo ya que el
guardián de los juegos se aseguraba de darle de comer
personalmente el desayuno y la cena, se acercaba a la mesita
del té al lado de su cama y destapaba las bandejas que allí se
hallaban. Siempre encontraba comida de su gusto y una
golosina. Sabía que si se comía solo la golosina el guardián se
enojaría, por lo tanto comía rápidamente el almuerzo del cual
a veces dejaba unas pocas sobras y disfrutaba con gula la
ingesta del ansiado postre. En esta ocasión el almuerzo
consistía en un estofado de carne con papas, que
lamentablemente por su fría temperatura no resultaba

105

apetecible al gusto. Mina masticaba lentamente la carne dura y las papas insípidas, haciendo arcadas de náuseas cada cierto tiempo. De nada serviría esconder la comida porque el guardián de los juegos nunca fallaba en sus pesquisas y luego la obligaría a sentarse frente a una pared sin moverse hasta que anunciara la hora de cenar. Ya había ocurrido durante dos ocasiones y fue tiempo suficiente para aprender la lección. Comería lo que estuviera debajo de esa bandeja, tratando de acelerar sus mordiscos con el fin de tener un permiso sin culpas para comerse el ansiado postre. Afortunadamente el guardián servía una ración no muy abundante en sus comidas. Apurando los últimos pedazos del estofado por mediación de tres vasos de jugo de naranja, gracias a que el guardián dejaba a su alcance dos jarras previamente llenas por completo, finalmente pudo descubrir lo que se ocultaba tras la última bandeja: una deliciosa torta de chocolate rellena con crema de chocolate. De aspecto esponjoso y suave, Mina contempló el gran trozo de torta tomándose su tiempo para apreciarlo con la mirada. Era la recompensa tras una amarga prueba, el premio que nadie le arrebataría, demandando un breve tiempo para celebrar su victoria y regocijarse en su promesa. Minutos después devoraba aquel pedazo con un ansia que cualquiera confundiría con hambre, pero no era más que la pobre felicidad con la que se contentan los inocentes desdichados que no saben cuánto sufren. Con el estómago lleno y satisfecho, gracias a la torta y no al estofado, no tenía ganas de seguir jugando sino de tomar una siesta. Quizá cuando despierte su mamá habrá vuelto para llevársela nuevamente a casa. No es que careciera de diversiones y razones para quedarse en aquel lugar, pero comenzaba a extrañar los mimos de su madre y hasta los molestos reclamos de su hermano mayor. Echaba de menos las visitas de su tía y su graciosa manera de contarle cuentos. Al pensar en su tía enseguida recordó el libro que le había regalado, la lisa textura de la estrella dorada dibujada en su portada y algunos recuerdos de lo poco que había alcanzado a leer: un enano dispuesto a ayudar, una pobre muchacha soñando con ser una princesa y la probable circunstancia de que la magia pudiera revertir su desgraciada suerte. El guardián lo trajo consigo y juntos lo habían hojeado, pero él le aclaró que si bien ella podría disponer como quisiera de todos los juguetes que allí se encontraban el libro le pertenecía y ella solo lo tendría en sus manos cuando él se lo permitiera. Desanimada por este deseo frustrado, prefirió volver a su cama y recostarse un rato, aletargada por la pesada modorra que causa la saciedad hasta que su denso influjo se cierne sobre sus párpados cerrándolos por completo, cayendo lentamente bajo los efectos de un sueño sin ensoñaciones. Mina no pudo precisar durante cuánto tiempo estuvo dormida, si fueron minutos u horas, pero al abrir los ojos el guardián de los juegos se encontraba sentado frente a ella, vigilando su sueño casi sin pestañear:

—Preciosa, ¡he vuelto! —le dijo el guardián de los juegos—. Yo nunca te abandonaré, ¿te das cuenta?

Mina extendió uno de sus brazos y él sostuvo su mano correspondiendo su gesto con ternura.

—Extraño mi casa. ¿Dónde está mi mamá?

El hombre enseguida soltó la mano de la niña con un gesto brusco y se puso de pie golpeándose la cabeza. A Mina le asustaba cuando se comportaba así, porque decía cosas que la hacían sentirse mal. El guardián de los juegos declaro, más para sí mismo que para Mina:

—¿Por qué no puedo hacerte feliz? ¿Por qué no puedes olvidarlos? ¿Acaso me dejaste de querer?

Luego rompió en llanto y trató de disimular poniéndose a

espaldas de ella. Pero Mina se levantó de la cama y corrió hasta el hombre hecho un manojo de nervios y lágrimas. Abrazándose a sus rodillas, lo animó:

—Yo te quiero. No llores, Bautista.

Un temblor corrió por el cuerpo del hombre ante la sola mención de su nombre. Espantada, Mina se apartó enseguida al encontrarse con su rostro desencajado y lleno de furia en la mirada y corrió para ocultarse debajo de la cama. Bautista, tal como había sido llamado, respiró aceleradamente intentando calmarse. Las manos le temblaban y un sudor frío recorría su frente. Quería olvidar quien era y al escuchar su nombre ya dejaba de ser el guardián de los juegos para convertirse en esa persona que tan odiaba y lo avergonzaba. Desde su curiosa perspectiva debajo de la cama, Mina lograba ver los pies de su captor los cuales se acercaban lentamente hasta su posición. Una vez cerca de su alcance, el hombre se acostó en el suelo imitando su posición y viéndola a través del hueco de la cama, le pidió por enésima vez, con un tono de voz mucho más dulce y conciliador:

—Mina, mi muñeca. ¿Cuántas veces debo decirte que ya no me llames así? Ya no hace falta. Ahora puedes llamarme como lo hacías cuando no estaba tu madre o tu hermano: el guardián de los juegos, tu guardián, tu leal sirviente, como la hermosa princesa que eres.

—Lo siento, guardián —se disculpó Mina.

—Descuida. Te perdono —confirmó el guardián de los juegos sintiéndose nuevamente portador de tal investidura—. Recuerda que solo existo porque tú quieres que exista. Estoy a tu servicio. ¿Me quieres?

El miedo de Mina comenzó a ceder al notar que el comportamiento de su captor retornaba a la normalidad, volviendo a ser como su viejo amigo que nunca le ponía reglas ni prohibiciones a los juegos y, en cambio, pasaba horas jugando con ella tantos juegos como quisiera, por lo que pudo responderle sin temor alguno:

—Te quiero, guardián.

El captor se puso de pie y luego, extendiendo su mano, le dijo:

—¡Ven! Vamos a cenar.

La niña obedeció y al encontrarse nuevamente fuera de la cama y de pie fue conducida por los brazos del guardián hacia la mesa para comer, pero esta vez estaría acompañada.

—¿Ya es de noche?— preguntó Mina.

—Así es, Mina. Y pronto deberás acostarte a dormir, ¿de acuerdo?— Mina asintió con una sonrisa en el rostro. Mientras tanto el guardián de los juegos se decía casi para sus adentros sin que la niña pudiera distinguir sus palabras—: De noche. En mi vida, siempre es de noche.

Capítulo 9

—*Un orbe de sinsentidos. Se entra por sus puertas, pero solo saldrás atravesando sus ventanas.*

—*¿Y por qué hay que salir por sus ventanas? ¿No sería muy incómodo?*

—*Preguntas muchas cosas, niña boba. En el Palacio de la Inocencia a nadie le gustan los niños preguntones ¿Acaso no comprendes que mientras más preguntas haces más rápido creces?*

Diana mantenía una respiración acelerada durante su descanso nocturno, mientras una sucesión de imágenes inconexas poblaban su sueño: un piso que temblaba, un árbol que no paraba de crecer escondiendo a una sombra en su interior, un paisaje lluvioso dentro de un cuadro a medida que sus colores se derretían y un payaso de espaldas. En su sueño trataba de correr por una calle que se extendía hasta el horizonte, sin límites aparentes, impulsada por el constante temblor del suelo hasta tropezarse con un cuadro en el suelo, dentro del cual no cesaba de llover. Diana veía al fondo de aquel cuadro un inmenso árbol y supo que allí se encontraba lo que buscaba, por lo cual introdujo su cabeza dentro de la pintura y seguidamente su cuerpo, sintiéndose empapada por la lluvia que allí dentro fue pintada. Llovía agua y colores derretidos, incesantemente, derramándose sobre su ropa a medida que corría hasta el árbol, cuya copa se perdía hacia alturas desconocidas e inabarcables para su visión. Solo el árbol y Diana permanecían enteros aunque el resto del paisaje a su alrededor se borrara durante la tormenta de óleos derretidos. Pero para Diana, el objetivo de llegar hasta el árbol de su sueño se enfrentaba con el obstáculo de verlo alejándose cada vez más sin importar cuánto acelerara sus pasos.

Desesperada, no cesaba de correr sin comprender por qué su trote solo la alejaba del objeto que pretendía alcanzar y, exhausta, se detuvo para tomar aire. La lluvia mermaba y el árbol se detuvo. Diana, animada por un ingenio de último minuto, comenzó a caminar de espaldas y para su sorpresa el árbol finalmente vino a su encuentro hasta quedar a un solo paso de distancia. Diana rodeó el árbol y no encontró nada extraño, hasta situarse nuevamente en el mismo punto de partida. Procedió a palpar con suavidad su corteza y la sintió falsa. Aplicó mayor fuerza empujando la corteza de madera que recubría el tronco y esta cedió revelando un túnel oscuro que descendía hacia un destino impreciso. Temerosa pero resuelta, Diana se agachó para introducirse en el túnel, avanzando a rastras hacia su fondo inexplorado. De pronto, Diana se sintió succionada por una fuerza externa y no pudo evitar dejar que su cuerpo se resbalara cuesta abajo, como si se tratara de un tobogán, y finalmente cayó de bruces sobre un suelo parcialmente iluminado. A cierta distancia, un payaso estaba de pie frente a ella, dándole la espalda. Diana se acercó lentamente extendiendo su brazo para tocar su hombro y, al hacerlo, la indumentaria de payaso se descompuso, revelando que no abrigaba a nadie en su interior. Diana se inclinó para recoger las prendas desperdigadas en el suelo, sacudiéndolas, como si esperara encontrar alguna respuesta en la tela dorada de ese traje, en la peluca de muchos colores o en la roja y redonda nariz de fieltro. Al no encontrar nada satisfactorio, Diana dejó caer las prendas que componían ese disfraz de payaso. La nariz esférica rodó de vuelta hasta sus pies y de su interior salió un escarabajo verde. Diana retrocedió al verlo pero este se alzó en vuelo hasta sus piernas y trepándose a lo largo de su cuerpo fue a introducirse dentro de su boca en cuestión de segundos, obligándola a caer de rodillas sobre el suelo haciendo arcadas, movida por la náusea, queriendo expulsar al insecto que se introdujo en su cuerpo. Diana escupió repetidas veces, sin éxito, sintiendo el escarabajo revoloteando entre su amígdala y su garganta, atorado. Diana tosía y, ahogada por la presión del insecto, hizo un esfuerzo por introducir una de sus manos dentro de su boca, tratando de sacar el escarabajo con sus dedos. Al sentir una de las patas del insecto entre sus dedos haló enseguida al escarabajo fuera de su boca y lo aplastó con su mano, sintiendo su textura viscosa escurriéndose bajo su palma. Diana volvió a incorporarse y para su sorpresa una sombra se acercaba. Su vista no la engañaba, se trataba de la figura de un hombre pero no poseía un rostro ni ningún indicio de humanidad. Era precisamente una sombra hecha de sombras, corpóreo pero oscuro como una tiniebla ambulante. Diana se dispuso a interpelar la sombra:

—¿Eres tú?

—Tú. Tú. Tú —repitió la sombra con burla, como si fuera la voz de un eco. Acercándose hasta Diana, la rodeó con su abrazo de noche y maldad, y aproximando su boca hasta la oreja de ella le habló en susurros:— Búscame en el camino de rieles, si te atreves. Pero abandona tus esperanzas.

La sombra la apretó con fuerza, queriendo ahogarla. Diana forcejeaba, intentando escaparse de su abrazo fatal, y gritaba socorros ininteligibles hasta que se sintió sacudida por un movimiento brusco, acompañado por una voz familiar:

—Diana, no te preocupes. Todo está bien. Estoy aquí, a tu lado.

Mirando a su alrededor y encontrándose el rostro de su amado esposo frente a ella, Diana comprendió que estaba despierta, lejos del alcance de la aterradora sombra de su sueño. Necesitó de unos cuantos segundos para calmarse, dejando que su respiración normalizara su ritmo, con una mano sobre su corazón y la otra sobre su cabello revuelto.

Estaba acostada en su habitación y las luces se encontraban encendidas, probablemente gracias a Alex en su intento por despertarla. Lentamente se incorporó para sentarse con las manos sobre su regazo, apoyando una almohada en su espalda y observando a su esposo sin decir una palabra. Alex extendió su brazo para acariciar el rostro de su esposa con un gesto de ternura, preguntándole:

—¿Tuviste una pesadilla? Comenzaste a gritar y me desperté. Me costó hacerte reaccionar.

Diana mantuvo su expresión distraída e inspiró profundamente antes de responderle:

—Fue demasiado real y, sin embargo, nada tenía sentido. ¿Qué hora es?

Alex respondió, sin dejar de acariciar su rostro y su cabello:

—Apenas son las dos de la madrugada. Creo que comenzabas a dormirte, al igual que yo. Ha sido un día muy duro.

Diana asentía con su cabeza, escuchándolo, tratando de recordar su sueño. Pudo recordar algunas cosas concretas, especialmente el escarabajo y la sombra. Le contó a Alex lo que había soñado y este no la interrumpió durante su relato, intrigado por las curiosas y extrañas imágenes que atormentaron el reposo de su esposa. Alex la abrazó como una forma de reiterarle sin palabras que ya estaba a salvo, en el mundo real donde él no permitiría que nada malo le ocurriera. Diana rodeó la espalda desnuda de su esposo con sus brazos, sintiendo la fuerza protectora de su ancho y musculoso cuerpo. Una punzada de deseo recorrió sus cuerpos y enseguida supieron, sin necesidad de manifestarlo, cuánto necesitaban entregarse en los brazos del otro como una forma de calmar las angustias y terrores de las últimas semanas. Diana rodeó con sus piernas a Alex, y se arrimó contra su cuerpo dándole a entender lo que quería y este adivinó su intención, en correspondencia con sus propias intenciones. Se desnudaron, se besaron, se amaron, dejando a un lado tanto dolor y preocupación durante unos minutos de entrega total y casi silenciosa. Apenas escuchaban sus respiraciones de placer entrecortadas por jadeos, entrelazando sus extremidades y repartiendo besos por doquier, derramándose enteramente en el cuerpo deseado sintiendo la plenitud de su unión, que concluyó en un orgasmo simultáneo que finalmente los dejó exhaustos. Se apartaron muy lentamente, ubicándose en sus respectivos lados de descanso en la cama que compartían, sin soltarse de las manos. Boca arriba con la mirada hacia el techo, acompasaban su respiración acelerada tras la furia del encuentro, hasta sosegarla. No querían interrumpir el encanto de aquel contacto con palabras inútiles. Cada uno agradecía la presencia del otro. Se necesitaban y se deseaban, y era bueno recordarlo a pesar de los horrores que les había tocado experimentar recientemente. Al cabo de un rato, Alex se levantó de la cama para apagar las luces de la habitación, indicando con esta acción que ya era hora de irse a dormir. Cuando regresó a la cama, volvió a sujetar la mano de Diana y se la apretó. Diana comprendió el significado del gesto apretándosela de vuelta, como una forma de decirle que podía dormir tranquilamente, porque ya se encontraba calmada y dispuesta a dormirse de nuevo al igual que él.

Se trataba de una mentira piadosa. Diana no sentía ni una sola pizca de sueño pero de nada serviría mantener a su esposo despierto, acompañándola en su insomnio. En cambio, prefería el silencio ininterrumpido de la noche para poner en orden sus pensamientos y meditar sobre los acontecimientos de aquel día. No quería seguir dándole vueltas a las imágenes que perturbaron su sueño, ya que no hacía falta ser un psicólogo profesional para comprender que tales pesadillas respondían a la libre expresión del constante pánico que la embargaba durante las horas de vigilia. Diana pensaba que en algún lugar, bajo esa misma noche, un asesino dormía tranquilamente junto a su sobrina o quizá se mantenía despierto atormentado por la culpa o temeroso ante la perspectiva de ser descubierto y apresado. ¿Quién podría aventurarse a acertar sobre las cosas que piensa un monstruo durante sus momentos de mayor introspección? ¿Eran capaces de conciliar el sueño como si no debieran nada? ¿Eran atormentados por los rostros de sus víctimas? Diana, quien siempre tuvo problemas para dormir, no imaginaba que alguien capaz de cometer tales atrocidades pudiera desentenderse fácilmente del remordimiento y rendirse desvergonzadamente al placer del descanso. Por lo menos confiaba en que su sobrina Mina fuera capaz de descansar, con esa facilidad que tienen los niños para hacer a un lado sus tristezas y rendirse al sueño. Porque solo los inocentes son capaces de dormir sin que nada los perturbe, arropados por la ingenuidad de su fe, siempre confiando en que nada es lo suficientemente terrible como para sacrificar las horas de descanso. Por eso cuando crecemos y la vida adulta se instala en nuestros hábitos, el buen dormir puede llegar a convertirse en una rara recompensa. Se pierde la inocencia cuando somos conscientes de nuestras deudas y nuestras culpas, dejamos de ser niños cuando el sueño se nos escapa. Diana pensaba en estas cosas y nuevamente recordaba las palabras de su marido: "Ha sido un día muy duro". Razón no le faltaba en su aseveración, considerando los eventos transcurridos durante las últimas horas. Un día difícil que llegaba a su conclusión con una noche larga y abundante en preocupaciones. Situación que no prometía revertirse durante los próximos días, mientras siguiera libre y a sus anchas el secuestrador de su sobrina, el asesino de su hermana, su sobrino y Daniel. Diana pensó nuevamente en el abrazo que Daniel y ella se dieron antes de despedirse y las lágrimas se agolparon en sus ojos, escapándose tímidamente sin hacer el menor ruido. Rememoró cada uno de los sucesos posteriores, repasándolos mentalmente intentando explicarse cómo era posible que sucediera tanta tragedia en poco tiempo. Al despedirse de Daniel, Diana se encerró en su departamento y se entretuvo limpiando durante un rato hasta sentirse tentada a tomar una siesta por la modorra propia de la tarde. Habían pasado apenas quince minutos desde que Daniel se fuera, cuando se sentó para distraer sus pensamientos viendo televisión un rato. Dejó puesto el canal de dibujos animados, pensando nuevamente en su sobrina, preguntándose si acaso la dejarían ver alguno de esos programas. Sus reflexiones fueron interrumpidas por el tono de su celular indicándole la llegada de un mensaje de texto. A Diana le daba flojera levantarse para agarrar su teléfono, el cual había dejado sobre una mesita a una considerable distancia del sofá en el cual se encontraba descansando. Supuso que era Alex indicándole que llegaría pronto a la casa o que se retrasaría debido a algún inconveniente relacionado con su trabajo. Minutos después, Diana se animó a recoger su teléfono, considerando que podría tratarse de Justo informándole algún adelanto del caso. Su sorpresa fue encontrar que la pantalla de su teléfono señalaba que el mensaje recibido provenía del recién registrado número de Daniel, el cual ella le pidió poco antes de irse de su apartamento para mantenerse en contacto ante cualquier eventualidad relacionada con el caso. Diana abrió el mensaje, pero su celular tardaba en cargarlo hasta que pudo leer lo siguiente: *Hay un lugar para los farsantes llamado circo. No dejes que me confundan con payasos. Solo hay un guardián de los juegos. Solo hay un dueño para el corazón de Mina.* Diana recordaba perfectamente el sudor frío empapando su frente y la sensación de vértigo en su pecho, que la obligó a soltar su celular, que cayó directamente al piso, desarmándose. Diana no necesitaba ser una clarividente para comprender que aquel mensaje no fue enviado por Daniel y seguidamente inferir que este sufrió algún daño por parte del autodenominado "guardián de los juegos". Diana intentó calmarse y refrenar su primer impulso de salir corriendo a las calles para buscar a Daniel, pero la detuvo el peligro de encontrarse directamente con el "guardián de los juegos" en su camino. Lo que Diana hizo en cambio, mientras las manos le temblaban, fue recoger las piezas de su celular y rearmarlo para llamar a la oficina de Justo. Chasqueaba sus dedos al ritmo de cada tono de espera, ansiosa por escuchar una voz al otro lado de la línea. Luego de cuatro repiques, la voz azorada de Justo respondía:

—Departamento de homicidios, ¿quién habla?

Diana evitó los preámbulos:

—Justo, soy yo. Creo que Daniel se encuentra en peligro. Hace unos minutos salió de mi casa y ahora recibo un mensaje de su celular como si se tratara del "guardián de los juegos". Tengo mucho miedo.

Diana supo que Justo no se concedía tiempo para fingir un tono tranquilizador cuando le dijo:

—Ok, Diana. Asegúrate de cerrar bien tu apartamento y no salgas por nada del mundo hasta que lleguemos. Estaremos allá en unos minutos.

Diana abrazó el teléfono contra su pecho e

inmediatamente se cercioró de que la puerta de su apartamento se encontraba asegurada. Los siguientes sucesos ocurrieron con rapidez y Diana los recordaba como un caleidoscopio de eventos sin interrupción. Cuando Justo y otros oficiales llegaron a su casa le hicieron unas pocas preguntas y procedieron a iniciar una pesquisa exhaustiva en los alrededores de la zona, esquinas aledañas y calles adyacentes. Transcurrió casi una hora, mientras Diana esperaba en su apartamento acompañada por varios oficiales. Alex llegó al cabo de unos minutos, seguido por el regreso de Justo casi inmediatamente después trayendo la funesta noticia de la muerte de Daniel, luego de haber encontrado su cadáver disfrazado de payaso sobre la rueda de un parquecito en ruinas, sin rastros del perpetrador de tamaña atrocidad ni del celular desde el que fue enviado aquel mensaje. Con una nueva víctima y sin indicios de su identidad, estaban igual que siempre pero mucho peor. Justo estaba al borde de la histeria. Diana recordaba a la perfección los gritos que profería, dentro de su apartamento, a sus oficiales:

—¡Ese hombre nos está ridiculizando. No podemos permitírselo. No podemos permitirnos una nueva víctima!

Del resto, las horas siguientes estuvieron llenas de caos y cansancio, tanto para Diana como para Alex. Nuevos interrogatorios, ruedas de prensa, declaraciones inútiles, la falta de pistas y evidencias concretas y noticias sensacionalistas en todos los medios de comunicación. Lo curioso de aquella ocasión era que Graciela Carmona, contrario a lo que todos esperaban, no se presentó a la declaración pública frente a las cámaras ni hubo transmisión en vivo de ella opinando en sus programas de costumbre durante el resto de la tarde. Pero Diana sentía que se estaba repitiendo la misma historia que ya había vivido y sufrido con la muerte de su hermana y su sobrino, aunque ahora como si se tratara de una burla. Diana lamentaba mucho la muerte de Daniel y hasta aquellas horas de la noche, con la mirada fija en algún punto de oscuridad dentro de su habitación, no se había concedido el tiempo suficiente para detenerse a pensar en lo doloroso de aquel acontecimiento. Conoció muy poco a aquel hombre, pero durante su breve conversación con él, supo que amaba verdaderamente a su hermana y que estaba dispuesto a darle la felicidad que tantas veces le fue negada. Ahora, ninguno de los dos se contaba entre los vivos, injustamente. Por eso, a medida que pensaba en Daniel, en su hermana Bárbara, en sus sobrinos, Leo y Mina, una resolución se iba gestando en la voluntad de Diana, una decisión que tomaba fuerza en su consciencia a medida que su insomnio se prolongaba. Si Justo y sus oficiales no habían logrado atrapar al culpable hasta ese momento, debía ser ella quien asumiera la responsabilidad de resolver el caso por sí misma y sin decirle a nadie. Se lo debía a sus muertos y se lo debía a Mina. Y si perecía en el proceso, al menos moriría intentándolo.

* * *

La noche avanza indiferente a los ojos que permanecen abiertos. El sueño es frágil para quienes deben y temen. Algunos se sienten ahogados por el peso de la rutina y de cuán lejos se han apartado de sus verdaderos deseos. Otros no son capaces de cerrar sus párpados, mientras una espera anida en sus corazones. Muchos son los amantes que no consiguen descansar por hallarse pensando en las causas de su desamor, pero no hay peor mal dormir que el soportado por los deshonestos encarando las consecuencias irreversibles de sus acciones cuando deben enfrentarse a solas con su consciencia.

Graciela Carmona tampoco podía dormir, pero no con el insomnio de quien se preocupa por las causas justas sino el de aquellos que se sienten culpables porque han preferido hacer lo conveniente por encima de lo correcto. Se agitaba a un lado y otro de su cama solitaria, intentando no pensar en lo sucedido a lo largo de ese día que llegaba a su fin. Era incapaz de acallar los gritos de dolor y desesperación que seguían resonando en su cabeza, a causa de aquella llamada funesta realizada durante el momento menos apropiado. La petición de auxilio y las últimas palabras desesperadas del hombre moribundo enunciando un nombre que ya no podría olvidar. Graciela recordaba su confusión y su miedo, sin soltar el teléfono, aferrada a ese instrumento como si esperara una respuesta que explicara lo escuchado. Cuando Daniel fue abatido por completo, se mantuvo atenta en la línea solo escuchando ruidos indescifrables hasta que alguien colgó la llamada. Y pese a eso, siguió sin soltar el teléfono, de pie frente a una de las ventanas de su apartamento, con la oreja pegada al auricular, sin mover un solo músculo de su cuerpo. Graciela fue la primera en saber, a pesar de lo poco que comprendía sobre dicho acontecimiento, que algo terrible sufrió Daniel, algo probablemente fatal. También comprendía, por encima de la confusa impresión, que otra persona distinta fue quien clausuró la llamada después de haber actuado. Graciela deseaba no haber marcado esa llamada o fingir que no entendió lo ocurrido. De cierta manera, aun cuando insistiera en negárselo a sí misma, lo sucedido la convertía en la única testigo del hecho que le confirmaron las noticias. Por primera vez en mucho tiempo, para sorpresa de tantos, Graciela no cubría una pauta que era de su interés y responsabilidad. No contestó ninguna de las llamadas provenientes de la cadena televisiva, de antemano sabiendo lo que escucharía. Quería enterarse como el resto de las personas, a través de los ojos y las palabras de otros. Pretender que solo de esa manera se enteraba de la muerte de Daniel, a manos del mismo asesino de Bárbara y Leo. Graciela quería ser partícipe de esa ingenuidad y asombro que caracterizaba a su audiencia y considerarse uno más de ellos. Quien nunca se saltaba una pauta a pesar de sufrir el peor resfriado, o tras haber asistido sonriente a una rueda de prensa inmediatamente después del veredicto de aprobación de su divorcio, alegaría en esta ocasión que se encontraba indispuesta, quejándose de un malestar digestivo debido al efecto de alguna comida en mal estado haciendo estragos en su sensible estómago. Cuando lo anunciaron por televisión, Graciela vio a una reportera suplente cubriendo su inexplicable ausencia, y casi pudo fingir sorpresa ante la periodista con traje de segunda mano y maquillaje exagerado, una réplica barata y deslucida de ella misma, informando con una voz aguda e insoportable, con la comisaría al fondo:

—Nuevos acontecimientos complican el caso en torno al asesinato de Bárbara y su hijo Leo, así como el presunto secuestro de la niña, Mina, que sigue desaparecida. En horas recientes de la tarde fue hallado el cadáver de Daniel Fernández, un exnovio de la primera víctima, con signos de violencia en su cuerpo. Se cree que dicho asesinato fue cometido por el mismo sujeto a quien se le imputan los primeros crímenes y cuya identidad aún permanece desconocida por los investigadores. En minutos tendremos las declaraciones oficiales del jefe del Departamento de Homicidios, Justo Ramírez, en una rueda de prensa para periodistas y allegados a las víctimas. Mientras tantos las dudas solo se incrementan y la policía no ha hecho nada para mejorar la situación. ¿Cómo podemos sentirnos seguros si no nos protegen aquellos a quienes les ha sido encomendada dicha tarea? ¿Estamos malgastando nuestros impuestos en el mediocre funcionamiento de un departamento policial poco capaz? Seguiremos informando.

Graciela la escuchaba frunciendo el ceño, sintiéndose imitada y burlada al escuchar las mismas cosas que ella diría. Posteriormente fue transmitida la rueda de prensa de Justo Ramírez y, a medida que escuchaba al oficial de policía, iba imaginando los sucesos que escuchó desde su celular, sintiendo que le temblaban las piernas de solo pensar en la posibilidad de ser descubierta en su implicación indirecta. En aquella ocasión, Justo ofreció la rueda de prensa más transparente que había dado desde que se iniciaran las investigaciones en torno al asesinato de Bárbara. Incluso durante sus horas de insomnio, Graciela repasaba mentalmente las palabras que le escuchó decir a Justo en esa declaración, incrementando así su sensación de culpa:

—Les debo unas disculpas a todos los que hoy nos escuchan. La sinceridad no va a saldar nuestras deudas, pero al menos aliviará un poco nuestras consciencias. Lamentamos mucho no haber podido resolver el caso hasta ahora y que, en cambio, una nueva víctima haya sufrido las consecuencias de nuestra ineficiencia. No existen palabras apropiadas para disculparnos frente a familiares y allegados de las víctimas ni excusas válidas para justificarnos ante los ciudadanos que integran esta comunidad, quienes han confiando en nosotros para que protejamos sus vidas y velemos por su seguridad. Afuera hay un delincuente que no hemos conseguido identificar. Tenemos una pista sobre su identidad, que fue provista por Daniel Fernández antes de morir. Se trata de un muchacho joven, allegado a las primeras víctimas, aunque desconozcamos su nombre y su paradero. Lo que sabemos es que se hace llamar "el guardián de los juegos". Es un sujeto peligroso y anda suelto. Si alguien posee información capaz de ayudarnos a aclarar tan doloroso enigma, no dude en contactarnos. La vida de una niña sigue en peligro. Cualquier pequeña pista puede salvarla.

Posteriormente, Justo explicaba como encontraron el cadáver, la crueldad con que fue arreglado luciendo una indumentaria de payaso, como una forma de dar un mensaje, una huella macabra que probaba su autenticidad. Boca arriba y derrotada sobre su cama, ya conforme con su insomnio, Graciela encaró sus pensamientos y se dispuso a cotejar sus opciones. Formaba parte de ese juego pero no del modo en que esperaba. ¡Una cruel ironía! Tanto querer protagonizar con sus opiniones sobre el caso y, ahora, la exposición mediática volvería su mirada directamente hacia Graciela. Ella quería ser reconocida como una gran periodista, una profesional intachable a quien se le agradeciera luego su contribución a la resolución del caso por la presión mediática que ejercía sobre Justo y su departamento, pero nunca como una testigo que pusiera sobre aviso a un asesino, situándola a un riesgo considerable tanto para ella como para su familia. ¿Qué era lo correcto en una circunstancia como esa? Confesar lo poco que sabía pero fundamental para la resolución de un caso del que dependía la vida de una niña y de otras personas en peligro, como Diana, o quedarse callada para impedir que su nombre se convirtiera en el centro de atención y foco de la rabia y venganza de un asesino que no toleraría ser descubierto por su culpa. ¿Las represalias de un loco o el deber de hacer lo correcto en conformidad con la verdad y la justicia? Graciela pensaba en que si un hombre que se llamaba a sí mismo "el guardián de los juegos" usaba a sus víctimas como parte de un decorado, sin la más mínima compasión a la hora de arrebatarle la vida a otra persona, ¿por qué perdonaría la vida de alguien que conocía su identidad? Las palabras proferidas por Daniel justo antes de morir seguramente fueron escuchadas por su asesino. Esas reveladoras palabras revoloteaban en su mente como negras y diminutas moscas que ningún manotazo era lo suficientemente fuerte para espantarlas: *¡Bautista! ¡Se llama Bautista!* La clave del caso estaba en ese nombre que no se atrevía a pronunciar, como si fuera una encarnación del Diablo que con solo nombrarlo o, peor aún, al permitirse pensarlo, le daba permiso para aparecer frente a sus ojos como si fuera invocado. Le asustaba inferir que este hombre llamado Bautista muy probablemente haya anotado el número de su celular. Sospechaba que el teléfono de Daniel no se encontraba entre sus pertenencias cuando hallaron su cadáver porque ya habría recibido una citación para declarar. Así que este tal Bautista podría comunicarse con ella en cualquier momento, si así lo quería. Eso no debía ocurrir porque entonces estaría más involucrada en el caso y se metería en problemas legales por encubrimiento y omisión. Graciela pensó que debía actuar rápido y cuanto antes, justo cuando el sol comenzaba a despuntar, denunciándose a través de las cortinas de su ventana. Ni una pizca de sueño y ya era hora de despertar. Graciela se levantó como si despertara de un descanso reparador, dispuesta a seguir con la rutina de su día pero con algunas variaciones. Mientras se bañaba repasaba el itinerario que se planteó para resolver la grave situación en la que se encontraba y salvar su pellejo: se desharía de su teléfono móvil, pediría vacaciones en su trabajo alegando que se encontraba cansada y se iría con su hija a hacer el viaje a las montanas que ella tanto deseaba. Todos saldrían ganando y cuando regresara ya Justo y sus hombres habrían resuelto el caso. Por un momento la asaltaba una sensación de culpa respecto al hecho de que su declaración fuera fundamental para resolver el caso a tiempo y salvar a Mina, pero su miedo y su sentido de la conveniencia se imponía por encima del remordimiento. Graciela convenció a su consciencia, o creyó hacerlo momentáneamente, que no hacía daño a persona alguna con su silencio, mientras nadie lo supiera. Consideraba que esto no sucedería a costa de su vida y la de su hija, con esa facilidad que tienen los cobardes para encontrar las mejores excusas para sentirse menos culpables. Cuando Graciela entró a la cocina, ya vestida y arreglada para conducir hasta la cadena televisiva, encontró el desayuno servido y a su hija comiendo tranquilamente sin apartar los ojos de su tableta digital. Graciela agradeció no tener que cocinar en aquella ocasión. Contuvo las ganas de darle a Luisana la grata noticia del viaje que finalmente realizarían, a pesar de sus negativas iniciales. Primero quería tantear como se encontraba su estado de ánimo hacia ella antes de revelar sus planes, cada vez más convencida de estar haciendo lo mejor:

—Huevos con pan y tocino ¡Qué delicia! —dijo Graciela mientras se sentaba frente a su hija, lista para comenzar a comer—. Luisana, querida, esta es tu última semana de clases ¿cierto?

Luisana le respondió con desdén mientras tecleaba en su tableta digital y masticaba con lentitud su comida:

—Así es.

—¿No te sientes entusiasmada?— preguntó Graciela con un tono alegre—. Debes aprovechar tus vacaciones antes de entrar a la universidad.

Luisana apartó la vista de su aparato y le arrojó una mirada despectiva, respondiéndole:

—Seguro, mamá. Las aprovecharé imaginando como hubiera sido el viaje que cancelamos.

Graciela supo que la ocasión se prestaba para revelar su cambio de opinión al respecto:

—Bueno, hija. Lo he estado pensando y creo que no tiene sentido cancelar ese viaje. Tenías razón. El trabajo seguirá allí, pero mi hija solo se gradúa una vez de la secundaria. Quiero que hagamos ese viaje.

Luisana no pudo contener su alegría, soltando enseguida su tableta electrónica sobre la mesa y dando saltos de triunfo, antes de abrazar a su madre felicitándola por su decisión:

—Eso es lo que necesitaba escuchar, mamá. No sabes lo feliz que me hace que cambies tu parecer. Ya verás que la vamos a pasar muy bien.

Madre e hija se abrazaron, y Graciela confirmó sus intenciones declarando:

—Hoy mismo pediré vacaciones. Ya no quiero saber nada de ese caso. Que otro se encargue de cubrirlo. Prefiero acompañar a mi hija durante los días más importantes de su vida.

Siguieron charlando animadamente y vaciando sus platos con cada bocado. Luego Luisana notó que su madre estaba hiperactiva buscando algo por toda la casa, y no dudó en preguntarle:

—¿Se te perdió algo?

Graciela le respondió sin cesar en su búsqueda, con cierto desespero en sus movimientos:

—No consigo mi teléfono móvil. Debo haberlo dejado por acá, pero no lo recuerdo.

Luisana quiso tranquilizarla de inmediato, sacándolo de una gaveta de la cocina:

—Lo olvidaba, madre. Lo puse allí cuando estaba preparando el desayuno luego de atender una llamada.

Graciela no pudo disimular su sobresalto, preguntando con la voz alterada:

—¿Una llamada? ¿De quién?

Sin saber cómo interpretar el sobresalto de su madre, Luisana le contestó desenfadamente:

—Un hombre. Parecía bastante joven. Dijo que había recibido varias llamadas que registraban tu número, pero siempre estaba muy ocupado para responder. Yo le dije tu nombre y te reconoció como la periodista. Supongo que te conoce.

Progresivamente, Graciela palidecía escuchando la revelación de su hija y tomó asiento. Intentó disimular su miedo, sin dejar de preguntarle:

—¿Qué ocurre, madre? ¿Pareces indispuesta?

—No es nada —la tranquilizó Graciela—. Pero sígueme contando lo que te dijo este hombre.

—Parecía muy interesado. No hablo mucho. Pero dejó dicho que admiraba mucho tu trabajo y que cuenta con tu profesionalismo para saber cuándo debías hablar y cuándo callar.

—¿Y no se identificó?— preguntó Graciela, masajeando su cuello. Un gesto propio de ella cada vez que se sentía nerviosa.

—De hecho, no —aclaró Luisana—. Yo le pregunté quién era y solo me dijo: Ella sabe quién soy. Ya escuchó mi nombre una vez. ¿Todo bien? Espero que eso no signifique que se cancela nuevamente nuestro plan.

Graciela hizo un gesto para indicarle a su hija que no se preocupara, seguidamente reiterándole:

—No, Luisana. No significa nada por lo que debamos preocuparnos. Nuestro viaje no se cancela.

CAPÍTULO 10

El tiempo tiene ese raro modo de atemperar emociones y pulir extremos, mientras sucede eso que comúnmente se llama "poner las cosas en su lugar". No tiene prisa ni nadie lo espera. El tiempo simplemente doblega y acostumbra a las criaturas efímeras y mortales que muy poco saben de lo eterno. Nada parece tan denso y ninguna tristeza tan honda como solía ser, porque nos adaptamos al devenir cotidiano, donde pesa lo inmediato y priva lo esencial. Para Diana era casi increíble, e inadmisible, que hubiera pasado un mes en un abrir y cerrar de ojos. Y nada cambió desde entonces: si acaso los cadáveres anidaban sus primeros gusanos y moscas, o el polvo se acumulaba sobre la casa de sus padres que no visitaba desde su última limpieza, o cierto gesto de contrariedad, que antes no lucía, se afianzaba en su rostro. En la jefatura no surgía novedad alguna y ninguna nueva pista surgía desde el último asesinato cometido por el llamado "guardián de los juegos". Diana ya no visitaba con diaria regularidad las oficinas de Justo Ramírez, para escuchar las mismas pobres excusas, las teorías delirantes que no conducían a una conclusión concreta y demandante. Sin un nombre, el de ese supuesto muchacho que solo Daniel conocía, además de Bárbara y sus sobrinos, muy poco o nada podía hacerse. Tampoco había intentado el asesino comunicarse con Diana desde aquella ocasión en que envió un mensaje de texto a través del teléfono de Daniel, tras haberlo matado. Era como si se hubiera evaporado y, de no ser por la ausencia de su sobrina, a Diana poco le costaría considerar que ya todo quedaba atrás. Pero nada quedaba atrás, ni olvidado ni perdonado, mientras Mina siguiera desaparecida. A veces, durante sus muchos e interminables insomnios, Diana esperaba recibir una llamada de Justo diciéndole que encontraron el cadáver de Mina. Ya estaba resignada a esperar lo peor. Y aunque esto no se le admitiera a nadie, ni siquiera a su esposo, hubo ocasiones en las que Diana deseaba que su sobrina apareciera muerta para así dejar de sentir esa angustia diaria que consume a las almas cuando soportan la marca de una incertidumbre sin resolución. Todo sería más fácil si se enteraran de una vez por todas que Mina había muerto. A estas alturas, Diana no albergaba suficientes esperanzas para creer que su sobrina seguía viva, pero mientras no se confirmara dicha noticia, no podría llorarla ni lamentarla. No hay luto tan cruel como el que agriamente se soporta ante una persona desaparecida, porque mezcla a partes iguales la fe con la desesperanza, encumbrando un dolor sin sosiego, alimentado por la falta de respuestas. Llegado a un punto en el que la ansiedad frente a lo incierto se convierte en un mal hábito, cualquier noticia se convierte en bálsamo para la espera, incluso las peores. Diana conciliaba estos sentimientos conflictivos que contrariaban sus pensamientos y perturbaban su alma con las actividades de su vida diaria. Ya no sufría tanto por la muerte de su hermana y su sobrino, porque ya había un lugar de paz en su memoria para recordarlos con tristeza. En cambio, su dolor por la falta de Mina era mucho más agudo e insoportable. Diana llevaba en su interior un alarido silente, comiéndose lentamente sus entrañas, y desde la desaparición de su sobrina su vida consistía en controlar los quejidos de ese dolor superior a sus fuerzas y acallarlo según el compás de su rutina. Después de un mes, la sensación de impotencia y culpa solo empeoraba de tan solo imaginar la posibilidad de que su sobrina estuviera viva y esperando un rescate que no llegaba. O, en cambio, olvidando gradualmente quién era para adaptarse mejor a su nueva vida mientras durara. En sus momentos de introspección, Diana no podía evitar torturarse pensando en estas cosas y ahondando en su pena con conjeturas: ¿Mina la recordaría? ¿Comía bien? ¿Jugaba? ¿Le era permitido sonreír? ¿Podía seguir siendo una niña a pesar del cautiverio? ¿Cuánto tiempo puede conservarse una inocencia en medio del horror? Quizá porque conocía de cerca a su sobrina y confiaba en que su espíritu alegre, siempre dispuesto a sentirse bien acompasado por un ingenio avezado, harían que su sobrina encontrara la forma de sobrevivir por encima de la calamidad, pero también temía que por esas mismas razones se adaptara con naturalidad a lo que le estaba ocurriendo y fácilmente olvidara todo aquello que la entristecía, incluyendo el recuerdo de su familia.

Distraída en sus pensamientos, Diana se encontraba sentada frente a su escritorio en el salón de clase donde impartía sus lecciones para los niños que eran sus alumnos. Como era un día de evaluación escrita, cada niño permanecía en silencio sentado frente a su respectiva mesita, respondiendo las preguntas que leían en su prueba, suponiéndose vigilado por la mirada de su maestra, quien se encontraba inmóvil y con los ojos abiertos, sumida en sus desoladores pensamientos. Algunos se pasaban disimuladamente notas con las respuestas para aquellos amiguitos que no estudiaron lo suficiente, temerosos de conseguir la atención de esa mirada de esfinge que los veía sin observarlos realmente. Pero Diana apenas se enteraba de cualquier cosa que ocurriera a su alrededor cuando se embarcaba en la turbulenta marea de sus pensamientos, donde su ímpetu naufragaba gradualmente hasta debilitarla mentalmente. En esos instantes, cuando algo la sacaba fuera de sus hondas reflexiones, se sentía confundida y balbuceaba durante segundos hasta asumir de nuevo su carácter firme y enérgico. Esto fue exactamente lo que ocurrió cuando uno de los niños se acercó hasta ella, entregándole su evaluación escrita ya finalizada y notificándoselo de pie ante su escritorio:

—Profesora, Diana. Ya terminé mi evaluación. ¿Puedo ir al baño? ¿Profe? ¿Me escucha?

El resto de los niños perdieron la concentración que los mantenía quietos en la realización de su prueba escrita y comenzaron a reírse por la pregunta de su compañero de estudios y la falta de respuesta por parte de la profesora. Diana se sobresaltó y enseguida, notando los efectos de su propia distracción, descubrió que los niños aprovechaban la ocasión para hablar entre ellos e intercambiar respuestas. Se puso de pie y afincando su tono de autoridad demandó que hicieran silencio:

—Estamos en el medio de una evaluación. Si siguen hablando tendré que suspender la prueba y todos reprueban.

Los niños se callaron de inmediato, riéndose por lo bajo. Por su parte, el alumno que ocasionó tamaño revuelo prefirió volver a su puesto, pero Diana lo detuvo con un tono mucho más dulce:

—Tranquilo, Pablito. Dame tu evaluación y puedes ir al baño. Pero no te tardes, ¿eh?

—Sí, maestra— le respondió, saliendo cabizbajo por la puerta del salón de clases.

Al poco tiempo de haber regresado Pablito, uno a uno fueron entregando las pruebas incluyendo el hijo de Justo, que respondía al nombre de Miguel, pidiéndole igualmente permisos para tomar agua o ir a los baños. Para que la situación no se saliera de control fue concediendo los permisos individualmente, en tanto solo uno saldría del salón si otro llegaba. Así transcurrió un buen rato de actividad dentro del salón de clases, hasta que finalmente todos concluyeron sus pruebas y se las entregaron a su profesora, mientras esperaban impacientemente la hora de salida. Cuando el hijo de Justo regresó del baño, fue directamente hasta Diana y le dio un abrazo. Extrañada, Diana le preguntó cuando se soltó:

—Gracias, Miguel. ¿Todo bien?

El niño, que no pasaba de los siete años, agachó su cabeza en dirección a ella susurrándole para evitar que el resto de sus compañeros lo escuchara:

—Mi padre me dijo que me portara muy bien contigo y me asegurara de que mis compañeritos de clase te hicieran caso.

Diana rozó con un dedo la nariz respingada del niño en un gesto cariñoso, correspondiéndole con igual ternura y en susurros:

—Pues muchas gracias, Miguel. Y a tu padre dile que agradezco su preocupación. Ahora, ve y toma asiento.

Miguel obedeció la orden de Diana. Cuando estuvo ya sentado, al igual que el resto de los niños, Diana se puso de pie frente a los niños y dirigiéndose a ellos, alzando su voz de manera que pudiera escucharse en todo el salón, les anunció:

—Ya todos terminaron la prueba, así que tienen permiso para jugar mientras esperamos a que suene la hora de salida.

El hijo de Justo volvió a su asiento, incorporándose a la charla animada que otros de sus compañeros sostenían en torno a una película que todos habían visto recientemente en el cine, acompañados por sus padres. Hablaban de espadas, naves espaciales y monstruos vencidos por sus héroes favoritos con entusiasmo. Nuevamente, Diana pensaba en Mina y en lo mucho que la extrañaba. Con que gusto hubiera querido verla así de feliz y sonriente, discutiendo y jugando con otros niños sobre las cosas que le gustaban. En instantes como esos veía cuán frágil era la niñez y que importante la misión que tenían los adultos para hacer que no faltara la felicidad en la vida de sus niños. Diana se prometía a sí misma que cuando ella y Mina volvieran a estar juntas, porque no quería rendirse y pensar lo contrario a pesar de lo que su sentido común le indicaba, no faltaría felicidad en la vida de ambas. Dedicaría cada día de su vida a hacerla sentir parte de un hogar, no permitiría que faltara la dicha y lucharía por cumplir todos sus sueños; con el poder del amor sería capaz de hacerle olvidar, y olvidar junto a ella, todo el infierno que estaban viviendo. Diana se juraba que juntas lo lograrían, apartarían las sombras que hoy oscurecían sus vidas y permanecerían de pie ante el sol que les traería un nuevo y definitivo amanecer. En ese preciso instante, la voz de una mujer la trajo de vuelta a la realidad del salón de clases:

—Con permiso, niños. Diana, querida, ¿cómo estás?

Se trataba de Rebeca, la madre de Pablito. Diana la invitó a acercarse con una sonrisa, mientras que el hijo de esta observaba de lejos la interacción entre su madre y su maestra, pero fingiendo que estaba muy quieto y callado para no exponerse frente a su madre, aunque segundos antes se encontrara participando en la discusión sobre la película del verano al igual que el resto de sus amigos. Su madre lo saludaba de lejos, a cierta distancia, con un gesto de su mano para devolverse luego a seguir conversando con Diana:

—¿Ya terminó la prueba? Espero que le haya ido muy bien. Estuvo toda la semana estudiando para esta evaluación. Doy fe de ello.

—No te preocupes, Rebeca. Seguro que saldrá bien— la tranquilizo Diana, corroborando su afirmación revelándole—. De hecho, Pablo fue el primero en entregar su evaluación antes que el resto.

—Me alegra mucho saberlo —dijo Rebeca con orgullo y satisfacción, para luego preguntarle a Diana interesándose por su bienestar—. Y tú, Diana, ¿cómo te has sentido?

Diana agradeció la sinceridad y el tacto con que se lo preguntaba, y tratando de no parecer muy afligida con su respuesta le confesó:

—Hoy se cumple un mes. Así que me siento un poco abatida. No puedo dejar de preocuparme pensando en cómo se encuentra Mina.

Rebeca le dio una ligera palmadita en el hombro, a modo de consuelo prudente y breve y asintiendo con compasión. Cuando se trata de expresar un dolor tan hondo, nunca se reciben palabras lo suficientemente justas para no parecer fingidas o apresuradas. Rebeca balbuceó como pudo, luego de un silencio largo e incómodo:

—Es rudo. No sé qué decirte. Pero supongo que lo mejor que podemos hacer es esperar y confiar en que ocurrirá lo justo, ¿no?

Nuevamente se impuso el silencio entre ambas, no muy grave considerando que las voces de los niños hablando y jugando entre ellos nunca dejaban de escucharse. Finalmente, Diana le preguntó, para disipar la pesadumbre que se instauró en la conversación:

—Pero no me has dicho que haces aquí. Sigue siendo temprano. Falta media hora para cumplir el horario de clase.

Rebeca le reveló enseguida el motivo:

—¡Ay! ¡Lo siento! Sí, llegué un poco antes de lo esperado porque quería pedirte permiso para saber si me podía llevar a Pablo antes conmigo. Esta semana cumple años y me gustaría consultar su opinión sobre lo que quiere. Desde que cerraron la juguetería del centro comercial hay que conducir hasta la del otro condado y no quiero que se me haga muy tarde para regresar.

—Seguro, Rebeca —concedió Diana, aunque ahora algo intrigada—. ¿La juguetería del centro comercial? No sabía que la habían cerrado ¿Desde cuándo?

—Desde hace un mes, creo —le confirmó Rebeca, sin mucha seguridad—. Aparentemente, cerraron por mantenimiento. Y esa era la juguetería que todos los padres visitábamos. Siempre estaba muy bien surtida.

—Yo la vi abierta, recientemente —dijo Diana, intentando recordar—. Justamente el día del cumpleaños de Mina.

Rebeca queriendo evitar nuevos momentos de incomodidad, la interrumpió con un tono apresurado pero manteniendo su característica jovialidad:

—Ahora nos toca buscar otras alternativas. Entonces, quedamos así. ¡Vente, Pablo! Ya nos vamos.

Rebeca se despidió de Diana dándole un apretón fraterno en la muñeca, como una forma de manifestarle que todo saldría bien, llevándose luego a Pablo de la mano. Sin darse cuenta Diana, los minutos pasaron con rapidez y sonó la reconocible alarma del colegio anunciando que ya la jornada de clases acababa, con éxito para todos. Los niños salieron en fila india y Diana los condujo hasta el patio de recreo, para que esperaran a que llegaran sus padres o correr a su encuentro si ya se encontraban allí, bajo la vigilancia estricta de otras autoridades y maestros del colegio, atentos para impedir que los niños se portaran mal o se confabularan para cometer travesuras. Diana se aseguró de dejar a sus alumnos bajo la supervisión de la directora del colegio y prefirió esperar la llegada de su esposo, quien ya vendría a buscarla, de vuelta al salón de clases. Hacía esto sobre todo porque quería evitar encontrarse con Justo cuando viniera a buscar su hijo y tener que sostener una conversación con él sobre los asuntos de siempre y lo poco que se podía hacer al respecto mientras no se supiera nada nuevo. Media hora más tarde recibió un mensaje de su esposo en su celular confirmándole su llegada. Ya no quedaban casi niños en el colegio y muy pocos maestros. Diana se despidió de las personas conocidas que encontraba, colegas y alumnos de otros cursos y secciones, notando que ya habían buscado al hijo de Justo. No pudo disimular su sorpresa cuando al salir del colegio se encontró a Alex de pie frente a la camioneta conversando con Justo, quien llevaba a su hijo Miguel de la mano. Diana se acercó a saludar primero a su esposo, con un beso breve en la boca, y seguidamente a Justo, con un beso en la mejilla y agitando el cabello de Miguel, mientras decía:

—Tu hijo es todo un caballero. Me ayudó a que sus compañeros se portaran bien durante la evaluación.

Justo vio a su hijo con una mirada insuflada de orgullo y seguidamente le correspondió a Diana con unas palabras:

—Hoy se cumple un mes, ¿no es así?

La mirada de rabia e impotencia en su rostro era el reflejo de sus propios sentimientos. Diana esquivó esa mirada, desviándola hacia su esposo y sonriendo con resignación:

—Así es, un mes.

—Lo agarraremos, Diana. Lo prometo —aseguró Justo, con un nudo en la garganta—. Mina estará de nuevo entre nosotros.

Diana reprimió un suspiro lastimero y siguió evitando la mirada de Justo, a medida que se empañaban sus ojos con las lágrimas que quería reprimir. Alex se acercó hasta ella, abrazándola. Y Justo quiso decir algo, pero lo detuvo la mirada inquebrantable de Alex, dándole a entender sin palabras que lo mejor era quedarse callados. En cambio, fue Miguel quien intervino:

—Profe, no llore. Mi papá siempre cumple sus promesas.

Al escuchar la voz de su alumno, Diana se secó las lágrimas con sus manos y se agachó hasta la altura de Miguel, diciéndole:

—Es verdad, querido. Tu papá nunca habla en vano.

Justo intervino para despedirse:

—Vamos, Miguel. Despídete de tu maestra.

Miguel abrazó a Diana, a quien la soltó casi de inmediato por el ligero jalón que Justo hizo para indicarle que ya era momento de irse. Hizo un gesto de despedida con su cabeza, que Alex y Diana correspondieron de igual forma, y luego, dándoles la espalda para alejarse llevando de la mano a su hijo en dirección a su automóvil, Alex abrió la puerta delantera de su camioneta para que Diana entrara, para hacer otro tanto en su respectivo lado y sentarse en el asiento conductor. Antes de encender el auto, puso una mano sobre la cabeza de Diana y acarició su cabello castaño con suavidad. Diana le correspondió acariciando el brazo de su esposo con su mano y ofreciéndole una sonrisa que iluminó su rostro. Alex aprovechó su reacción para preguntarle:

—¿Cómo estuvo tu día?

—Principalmente tranquilo —respondió Diana —. Hoy les hice una evaluación escrita así que todo estuvo en orden y silencio durante horas. ¿Y el tuyo?

—Un poco ajetreado —confesó Alex—. Pero no quiero saber nada de trabajo por hoy. ¿Listos para irnos a casa?

—Si— afirmó Diana con cierto tono dubitativo—. Pero ¿podemos hacer una parada antes en el centro comercial?

Alex frunció el entrecejo y quiso satisfacer su curiosidad preguntando:

—¿Y eso? ¿Comprarás algo? Quizá podríamos encontrarlo en la vía. Si vamos al centro comercial tendríamos que desviarnos.

—Quiero ir a la juguetería —reveló para mentir luego—. Uno de mis alumnos cumple años esta semana. Su madre se ha portado muy bien conmigo y me gustaría regalarle algo pequeño como un gesto de agradecimiento.

—De acuerdo, vamos —. Cedió Alex, disimulando las pocas ganas que tenía de complacerla. No quiso contradecirla ni hacerle cambiar de parecer respecto a sus intenciones considerando lo sensible que debía estar por el hecho de cumplirse el primer mes desde que acaeciera la tragedia que destruyó la paz en sus vidas. Encendió el motor del automóvil y agarró la vía apropiada hacia el destino indicado por su esposa. Un ligero tráfico se interpuso en el camino y Diana aprovechó el embotellamiento para expresar sus pensamientos en voz alta:

—Me siento un poco mal por lo que pasó a la salida del colegio. Justo debe pensar que yo lo estaba culpando por no haber resuelto el caso. No debí llorar de esa manera.

—Si se siente mal es porque el reproche le calza. Soy perfectamente consciente de que no le estabas recriminando nada. Es normal que te sientas sensible en un día como hoy. En nada ayuda volver a escuchar que no hay novedades, por muy buenas que sean sus intenciones.

—No debemos ser muy duros con él, Alex —defendió Diana—. Justo y sus hombres tienen un trabajo muy duro. Hacen lo que pueden y tienen que lidiar conmigo, con la comunidad, con los periodistas. No justifico que hasta la fecha sigamos sin una pista concreta, pero lamentablemente mi hermana fue una persona misteriosa cuyas reservas no fueron precisamente prudentes. ¿Quién sabe de dónde venía ese muchacho del cual nos habló Daniel? Ahora Mina está pagando las consecuencias. Ya ni sé que pensar. Me prometí a mi misma que no me pelearía con la memoria de Bárbara y concentraría mi dolor en lo importante: encontrar a mi sobrina. Pero creo que le debo una disculpa a Justo.

Mientras daba un viraje para alcanzar un atajo que los sacara del atolladero de automóviles, con su paso lento y sonidos de cornetas, Alex le dijo:

—Si te hace sentir mejor pedirle disculpas, hazlo. Pero personalmente considero que un poco de culpa extra no le vendrá mal. No me mires así, es su trabajo. No tenemos por qué ser condescendientes. Al fin, una calle despejada. Ya vamos a llegar.

—Creo que esta vez tienes razón —admitió Diana—. Me siento agotada de esperar algo tan incierto. Pero rendirse no es una opción. No me perdonaría a mí misma bajar la guardia y que eso signifique perder a Mina. Simplemente no puedo.

—Nadie te está pidiendo que lo hagas —aclaró Alex—. Estamos haciendo lo único que podemos hacer: esperar y no rendirnos porque de eso depende la vida de alguien que amamos. No tenemos que excusarnos ni pedir disculpas por eso. Ni avergonzarnos por lo que nos duele. Nos corresponde hacer lo correcto y actuamos conforme a eso. Y nunca olvides que mientras tanto yo estoy aquí, para acompañarte y apoyarte en cualquier cosa que decidas.

Diana asintió, permitiéndose una nueva sonrisa de agradecimiento hacia su esposo, quien con su actitud comprensiva y tolerante la hacía sentirse calmada y segura en medio de su pena. Alex dio una vuelta en U, tras esquivar otra calle concurrida, y al cabo de unos pocos minutos se encontraban frente al centro comercial. Alex le preguntó:

—¿Quieres que estacionemos dentro del centro comercial y te acompañe?

—Si tú quieres —concedió Diana disimulando sus intenciones—. Pero en verdad deseo aprovechar la ocasión para poner en orden mis pensamientos. Puede que hasta vea algunas tiendas de ropa al salir de la juguetería y me pruebe algunas cositas, si no te importa. No pretendo tardar horas, pero quiero pasear con calma y aprovechar el tiempo.

—Entiendo. Quieres dedicarte un momento de chica solo para ti —supuso Alex—. Estacionaré aquí cerca e iré a la cafetería que está justo al lado del centro comercial. Creo que ya empezó el juego de fútbol que quería ver y probablemente allí dentro encuentre una televisión transmitiéndolo.

—Y tú tendrás un momento de chico solo para ti — bromeó Diana—. Nos vemos al rato. Yo me llego a la cafetería.

Diana se bajó de la camioneta y se introdujo en el centro comercial, recibida por las puertas automáticas que se abrieron de inmediato para dejarla pasar. Mientras Alex se encontrara viendo un partido fútbol, eso le daría tiempo de sobra para hacer sus pesquisas sin preocuparlo por su tardanza. Tuvo una rara sensación de culpa, como si estuviera actuando conforme a la desobediencia de una prohibición, pero se dijo a sí misma que no estaba haciendo nada malo, en tanto ni sabía qué pretendía encontrar. Simplemente se sentía animada por la curiosidad y el presentimiento, movida por esos pálpitos ocasionales que confirman luego que su instinto tiene la razón. Movida por esa fuerza inexplicable, como si se sintiera guiada por una mano invisible, muchas veces lograba descubrir cosas antes que el resto de las personas. Cualquiera pensaría que se trataban de los dones de una bruja, pero Diana creía que toda su pericia en materia de intuición se debía a su gran capacidad de análisis. Simplemente se fijaba en los pequeños detalles, algo que la mayoría de las personas pierden de vista, y conseguía respuestas inesperadas tras una atenta observación. Diana tuvo la necesidad de visitar nuevamente el centro comercial y pasar por los mismos lugares que había visitado la última vez que estuvo allí junto a su esposo, el día del cumpleaños de Mina. Desde aquella ocasión, no tuvo oportunidad de volver a pasar por ese lugar; lo cual no era extraño considerando lo poco que salía desde aquellos trágicos acontecimientos y desde el momento en que pesaron ciertas medidas de seguridad sobre ella por los recientes intentos de contacto por parte del "guardián de los juegos". Hay tantas maneras de estar preso, secuestrado o incluso muerto, sin saber que lo estamos. En aquel momento, mientras paseaba por los pasillos del centro comercial y caminaba entre los transeúntes que por allí deambulaban reconocía cuán extraviada se hallaba de su propia vida. Hasta entonces, Diana no se percató de que, al igual que Mina, ella también era cautiva a su modo, encerrada por el miedo y confinada por la tristeza, a una vida predecible que no se salía de sus limitados bordes: de la casa al trabajo, del trabajo a la casa. Cada vez era más imperativo resolver el caso, porque tanto ella como Mina se merecían su libertad. Ese fugaz reconocimiento de lo que el miedo y la desesperanza habían hecho de ella la hizo sentir un poco más aliviada. Se soporta mejor el dolor que se conoce y se comprende. Se perdona mejor la culpa que aceptamos. Con renovadas esperanzas, reafirmó sus promesas y convicciones: Mina viviría para contarlo. Con el fluir indetenible de su consciencia, Diana contemplaba las vitrinas de diversas tiendas sin detenerse en ninguna; muy segura de su paso y de la dirección que tomaba. Subió unos cuantos pisos mediante el uso de las escaleras mecánicas y tras avanzar un corto trecho por un pasillo amplio y largo, se encontró finalmente con la tienda que buscaba, la surtida y popular juguetería de dos pisos que los padres de la localidad acostumbraban a visitar junto a sus hijos, o a escondidas de ellos, para adquirir los tradicionales obsequios de navidad, cumpleaños y eventos especiales. Tal como Rebeca le contara, la juguetería se encontraba completamente cerrada y las vitrinas estaban cubiertas por bolsas negras desde adentro para que no pudiera verse en su interior. Diana se acercó lentamente hacia las puertas cerrada de la juguetería y su vitrina oculta, intentando buscar alguna señal que explicara el por qué se encontraba clausurada de esa manera. Aprovechando el momento en que nadie pasaba por el pasillo, puso su mano sobre el pomo de la puerta forzándolo pero, tal como esperaba, no cedió. Se mordió el labio mientras veía que no había resquicio alguno desde el cual consiguiera ver algo a través de la vitrina que no fueran las bolsas negras que las cubrían. Estuvo a punto de abandonar el lugar cuando reparó en un papelito caído al suelo, cerca de la puerta. Al recogerlo descubrió que se trataba de una breve notificación que seguramente se cayó al paso de los días, el cual anunciaba en tinta de bolígrafo: *Le informamos a nuestros apreciados clientes que lamentablemente, nos vemos obligados a cerrar nuestro establecimiento por razones personales. Aprovecharemos la ocasión para hacer mantenimiento de las instalaciones antes de volver a abrirlas. Nuestro juego aún no ha terminado. Esperamos regresar pronto y ofrecerles, como siempre, los mejores productos.* A Diana le pareció curioso el anuncio porque al mismo tiempo que alegaban "razones personales" a su vez prevenían futuras labores de "mantenimiento", aunque formalmente no hubiera nada extraño excepto por el fragmento que indicaba: "Nuestro juego aún no ha terminado". Tras varias relecturas, Diana consideró que dicho letrero, escrito a mano con una caligrafía apresurada, parecía más una larga excusa que una notificación seria. Sin embargo, no se explicaba a sí misma por qué reflexionar mucho sobre ello y seguir allí parada era importante. No se atrevía a dictaminar lo que subrepticiamente se fraguaba en su consciencia y optó por conservar el papel y guardarlo en su cartera, con la intención de seguir averiguando al respecto. Animada por la curiosidad, entró en algunos establecimientos cercanos, en el mismo nivel del centro comercial donde se encontraba la juguetería, y no recibió respuestas particularmente reveladoras:

—Un día llegamos y simplemente estaba cerrado con la vitrina embalada de esa manera. Pero creo que nadie vio cuando pusieron las bolsas —dijo la joven vendedora de una tienda de ropa deportiva.

—El dueño de esa juguetería es un señor mayor. Quizá no se sentía muy bien y prefirió cerrarla — supuso el dependiente de una tintorería.

—Ahí también trabajaba un muchacho, pero ninguno de los dos ha vuelto en mucho tiempo —aseguró una señora que atendía un pequeño quiosco de golosinas—. Pero a falta de juguetes buenos son los dulces, si quieres sorprender a un niño.

—Descuide, señora. Solo quería averiguar los precios de unas figuras de acción para el hijo de una amiga —Se excusó Diana—. De casualidad, ¿sabe si hay alguna manera de contactar al dueño de la juguetería o a su empleado? ¿O alguien que pueda saberlo?

La vendedora de golosinas ya no parecía muy amable al notar que no le comprarían nada, así que quiso finiquitar tan improductiva conversación para ella cuanto antes:

—No creo. Acá todos tenemos que ocuparnos de nuestros negocios y no disponemos de tiempo para socializar o averiguar la vida de otras personas. Pero pregúntele al señor que atiende la librería, él conoce a todo el mundo y es la persona de mayor antigüedad que trabaja en este centro comercial. Ahora, si me disculpas y si no comprarás nada, ¿podrías despejarme el lugar?

Diana fue tajante en su respuesta:

—Seguro, no le hago perder más tiempo. Mil disculpas.

Diana se alejó inmediatamente del lugar, pero obedeció la indicación que la vendedora del quiosco le ofreció a regañadientes. Tuvo que bajar hasta otro nivel para llegar a la librería. A su memoria vino el recuerdo de cuando entró la última vez para comprar el libro de obsequio para su sobrina Mina; todo lucía exactamente igual, empezando por el amable vendedor que la recibía con su característico tono amable y solícito:

—Bienvenida. Han llegado algunos libros nuevos para niños, por si le interesa.

—¿Me recuerda? —preguntó Diana, sorprendida al sentirse reconocida.

—Por supuesto, yo nunca olvido un cliente —aseguró el librero—. No hace más de un mes, si no me equivoco. ¿Le gustó el regalo a su hija?

—Era para mi sobrina y, sí, le gustó mucho —aclaró Diana, pero suponiendo que el señor no sabía lo ocurrido en su familia prefirió no dar mayores explicaciones—. Pero esta vez no vengo a comprar nada, solo quería hacerle algunas preguntas. Me dijeron que usted conocía a todos en este centro comercial.

—No sé si a todos. Pero conozco a mucha gente, es cierto —confirmó el librero—. ¿En qué puedo ayudarte?

—Es simple curiosidad. Hace tiempo que la juguetería se encuentra cerrada y me gustaría saber cómo puedo contactar a su dueño. Aparentemente, nadie sabe nada sobre su ausencia.

—¿El señor Julián? Claro que lo conozco —reveló el librero—. Solíamos conversar mucho. Ciertamente, su juguetería se encuentra cerrada desde hace un mes. He intentado comunicarme con él llamando al número de su casa pero es como si no existiera. Probablemente lo cambió y nunca supe. Es bastante extraño, pero de haber pasado algo nos hubiéramos enterado ¿Por qué está interesada en contactarlo?

—Solo me parecía muy raro, como usted mismo dice, no saber nada al respecto —respondió Diana, vagamente—. Pero, ¿no ha contactado al empleado que trabajaba en su tienda?

—Ah, ese muchacho, lo había olvidado —dijo el librero, intentando recordar algo— ¿Cómo era que se llamaba? Era un chico amable y bastante callado. A veces venía a la librería y me compraba algunos libros y yo le preguntaba por mi amigo Julián. No lo he visto desde que la juguetería cerró, pero nunca dispuse de su información de contacto.

—Entiendo, y ¿seguro que no recuerda su nombre? —preguntó Diana intentando no parecer muy insistente.

El librero se esforzó por recordarlo, sin éxito:

—No. Y ahora que lo mencionas, creo que nunca supe su nombre. Acostumbraba a verlo sabiendo que trabajaba para Julián, pero quizá nunca se lo pregunté porque no era muy conversador. Además, siempre pagaba con efectivo cuando compraba un libro.

Diana estuvo a punto de interrogarlo para que le diera indicaciones sobre sus características físicas, pero consideró que hubiera sonado muy sospechoso. En el preciso instante en que refrenó su pregunta, pudo recordar a ese muchacho del cual hablaban. Lo había visto en la juguetería en esa misma ocasión en que buscaba regalos para Mina y a su mente vinieron fugaces recuerdos de la conversación que sostuvieron brevemente, mientras esperaba que su esposo saliera de comprar unas pastillas en la farmacia. La imagen física que recordaba de ese joven y la manera en que el librero hablaba sobre su personalidad se correspondía con la descripción que

Daniel refirió al hablar sobre él y también lucía acorde con la representación en el dibujo de Mina: alto, desgarbado, cabello negro revuelto y con un aire melancólico. Sintió un estremecimiento en su cuerpo y su rostro empalideció; perturbación evidente que el librero pudo notar enseguida, preguntándole preocupado:

—¿Se encuentra bien? Parece a punto de desmayarse. ¿Quiere sentarse o que le busque un vaso de agua?

Diana se excusó enseguida, volviendo en sí y tratando de retomar la compostura:

—No se preocupe, estoy bien. Solo me sentí un poco mareada. Pero creo que debo tomar aire fresco para que se me pase. Muchas gracias por aclarar mis dudas.

El librero no la retuvo y entendió sus palabras de despedida:

—De nada. Lamento no contar con mayor información. Pero si de casualidad logra contactar a Julián, dígale que por favor me llame. Me gustaría saber qué ha ocurrido y por qué cerró su juguetería sin dar mayores explicaciones.

—Seguro. Nuevamente gracias y volveré pronto a buscar más libros para mi sobrina —dijo Diana, antes de dar la vuelta y marcharse rápidamente fuera de la librería.

En su mente se agolpaban una gran cantidad de imágenes, recuerdos e ideas. Intentaba enlazar los acontecimientos con las pocas piezas que tenía y tratando de llenar los espacios faltantes con conjeturas y teorías que ya no lucían tan descabelladas. Se sentía al borde de una revelación, pero al mismo tiempo le desanimaba no contar con una pista contundente para validar sus suposiciones. Trató de poner en orden el torbellino confuso de su mente y se dispuso a recrear el recuerdo de aquella conversación con el muchacho de la juguetería. Tras ese ejercicio de memoria, Diana destacó varias cosas. Su presencia irradiaba ese aire impersonal y poco memorable, algo que él mismo resaltó cuando le reprochó que no lo recordara cuando visitó la juguetería tiempo antes de comprar el libro. Otra característica curiosa de ese encuentro era que hiciera mención de su sobrina, sin que ella recordara haberla mencionado. A su vez, su actitud extraña, aunada a su aspecto físico, coincidía con las pocas referencias que se tenían de él. Luego estaba esa nota escrita con prisa para justificar el cierre de la juguetería, con esa enigmática frase que bien podría parecerse a los mensajes cifrados que anteriormente le envió. Y, finalmente, lo que consideraba un aspecto primordial para que ambas personas coincidieran, tanto el asesino y secuestrador como el empleado desaparecido de la juguetería, se encontraba en su oficio relacionado justamente con su seudónimo. Su hipótesis, que a primera escucha sonaría delirante para cualquiera, cobraba sentido. ¿A qué podría dedicarse alguien que se autodenominaba "el guardián de los juegos"? ¿Atender una juguetería no sería, precisamente, su trabajo perfecto? Diana quiso marcar el número de Justo para exponerle su teoría, pero se detuvo. Necesitaba algún tipo de comprobación y echó de menos la falta de dos datos fundamentales: saber si este potencial sospechoso tenía un nombre o un apellido que empezara con la letra B y descubrir de qué manera este empleado de una juguetería podría estar relacionado con Bárbara, Leo y Mina. Por tratarse de la única juguetería de la localidad, no era tan inusual que Bárbara pudiera conocerlo en presencia de Mina. Del resto, no se aventuraba a conjeturar otras posibles conexiones sin contar con pruebas suficientes. Seguía siendo un caso misterioso en el cual prevalecía la falta de información relacionada con la vida de Bárbara y su conexión con el "guardián de los juegos". Pero, mientras tanto, su desquiciada teoría cobraba sentido conforme más pensaba en ello. Antes de compartirla con alguien más, tomó la decisión de hacer una acción de la cual podría arrepentirse. Pero Diana estaba convencida que era preferible cometer una locura antes que quedarse de brazos cruzados. Así que, sin cuestionarse durante mucho tiempo si era lo correcto o no, si debía dejarle ese trabajo a Justo y sus oficiales de policía, Diana escribió un mensaje de texto claro y directo, entrecomillando la frase suspicaz del anuncio de cierre de la juguetería a modo de pregunta:

¿"Nuestro juego aún no ha terminado"?

El remitente del mensaje era el celular identificado como "Daniel Fernández". Hasta entonces no se había atrevido a escribirle, a pesar de haberlo pensado durante muchas ocasiones. Diana creía que el "guardián de los juegos" esperaba una respuesta de ella desde su último mensaje mediante ese número telefónico y probablemente seguiría conservando el celular de Daniel que le robó después de haberlo asesinado. Diana apartó su celular de la vista y con la respiración acelerada, mezcla de nervios y expectativa alzó su cabeza posando la mirada en algún punto indeterminado de la bóveda techada que cubría el centro comercial. Tras unos segundos que lucieron eternos, Diana casi respiró aliviada al no recibir ninguna respuesta, cuando de pronto sonó el familiar tono de su celular que le notificaba la llegada de un mensaje.

Ahora comienzas a entender. Descubriste mi antiguo palacio, pero ahora busco uno mejor. ¿Estás dispuesta a seguir jugando sin abrir la boca? Solo tú y yo. Y Mina.

El corazón latía apresurado, como si estuviera a punto de salirse de la caja torácica. Diana escribió rápidamente su respuesta y la envió:

¿Qué quieres de mí? Si juego contigo, ¿me devolverás a Mina?

El "guardián de los juegos" tampoco se hizo esperar:
No estás en condiciones de exigir nada. Yo podría simplemente desaparecer con ella y ya no la verías jamás. Mi juego ya está ganado y, sin embargo, quiero darte la oportunidad de participar. A cambio, te dejaría verla una última vez. ¿Aceptas el juego según mis reglas?

Diana no supo que responder e improvisó como pudo, escribiendo lo primero que se le ocurría:
Acepto el juego. ¿Qué debo hacer?

Esta vez la respuesta del "guardián" tardó un minuto aproximadamente. Diana casi suelta el celular cuando recibió el mensaje después de varios segundos de silencio. Al abrirlo pudo leer:
De acuerdo. Pero debes dejar a los policías fuera de esto. De lo contrario, el juego se cancela y Mina desaparecerá para siempre de tu vida. ¿No les dirás nada?

Diana dudó. No decirle a Justo y sus hombres no era prudente ni conveniente, pero mentirle a ese asesino representaba un riesgo peor. Personalmente decidió que omitiría el recuento de este intercambio y solo les expondría su teoría sin decirles que ya la había confirmado. De este modo, le respondió al "guardián de los juegos" con una verdad a medias:
Ya les expuse mi teoría sobre mi hallazgo en la juguetería. Pero no diré nada sobre estos mensajes. No sabrán que nos comunicamos, a partir de hoy.

Nuevamente, daba la impresión que el "guardián de los juegos" retrasaba su respuesta para torturarla:
No tenemos tiempo que perder. Puede que no recibas un mensaje mío hoy ni tampoco mañana. Pero lo recibirás. Nunca dejo un juego sin terminar.

Diana apretó su celular contra su pecho, temiendo lo peor y lamentándose por lo que acababa de hacer. Pero no le quedaba otra opción si pretendía salvar a Mina. Una parte de ella temía que estuviera empeorando la situación, pero nuevamente su fe en la relación que había entre los eventos fortaleció su convicción de estar haciendo lo correcto, incluso si las vías eran cuestionables y peligrosas. A medida que recorría el camino para encontrar a su esposo en la cafetería indicada, llamaba con su celular esperando ser atendida por Justo en su oficina. Antes que pudiera responderle, Diana expresó sus intenciones:

—En un rato, Alex y yo iremos a la jefatura. Espéranos. Tengo una teoría.

CAPÍTULO 11

En las oficinas de Justo nadie descansaba desde que Diana les expuso su teoría. Algunos oficiales se rieron enseguida, burlándose de ella y considerando que una maestra para niños debía dejar de jugar a ser la detective. Sin embargo, Justo los calló y reprendió enseguida haciendo uso de su autoridad. Consideraba que lo expuesto por Diana asomaba interesantes posibilidades para la resolución del caso, pero por su instinto policiaco también sospechaba que ella ocultaba parte de la información. No quería, sin embargo, presionarla y hacerla sentir acorralada. En el supuesto caso que el "guardián de los juegos" la hubiera contactado recientemente, a través de amenazas, Justo comprendía perfectamente si Diana se reservaba esa información. Pero, por el bien de ella y de Mina, reforzó su vigilancia alegando que se preocupaba por su seguridad, aunque Diana no pudiera disimular su descontento por estas precauciones sintiendo que su intimidad era invadida pero prefiriendo no oponer mucha resistencia para no suscitar suspicacias en Justo y sus oficiales. En las oficinas, y sin presencia de Diana, Justo organizó un plan a partir de las teorías de Diana, que asociaban al joven descrito por Daniel Fernández con el empleado desaparecido de la juguetería clausurada en el centro comercial. Para comprobar si eso era cierto primero debían localizar a ese empleado e investigarlo, así como conocer el paradero del dueño de la juguetería y contar con una explicación que aclarara la razón de su cierre. Procedieron a investigar, interrogando a todos y cada uno de los trabajadores del centro comercial, obteniendo muy poca información sobre el dueño de la juguetería pero la suficiente para encontrarlo. Fue el dueño y dependiente de la librería del centro comercial quien ofreció la mejor información, incluyendo el número telefónico de la residencia del dueño de la juguetería, ubicada en el centro de la ciudad, y el nombre completo, sabiéndose de este modo que respondía al nombre de Julián Sánchez. Respecto al muchacho que trabajaba para Julián, muchos confirmaron su existencia y sus características físicas, pero nadie parecía saber su nombre, ni siquiera el librero. Gran parte de esos testimonios coincidían en que aquel muchacho pasaba tan desapercibido que era casi invisible. A Justo le interesó particularmente la revelación del librero sobre sus hábitos de lectura, confirmados por sus constantes compras en dicho lugar. El librero también le comentó el interrogatorio al que lo sometió recientemente una clienta que compraba libros infantiles para su sobrina, y Justo supo de inmediato de quien se trataba sonriendo para sus adentros. No le molestaba que Diana fuera lo suficientemente inteligente e ingeniosa para hacer aportes al caso, pero sí le preocupaba que actuara de manera independiente, arriesgando su vida, a causa de la desesperación por querer salvar a su sobrina. Justo pensó que debía hablar con ella y dejarle claro que su trabajo era esperar y confiar en la labor de los profesionales, y contribuir con el caso en la medida en que no representara un riesgo para ella y contando siempre con la colaboración de los oficiales encargados. Justo no se perdonaría si le pasara algo a ella antes de poder evitarlo, ni tampoco le permitirá al "guardián de los juegos" ese triunfo por encima de su compromiso para el caso y la eficiencia de su trabajo. Se requerían acciones inmediatas para localizar a este sospechoso, pero manteniendo la cautela para que no se sintiera acorralado. La primera acción lógica que ejecutaron fue localizar al dueño de la juguetería a partir de su nombre y número telefónico, para así poder conseguir la dirección de su residencia; la que no tardaron en hallar tras unas cuantas llamadas de carácter oficial. Junto a una patrulla reducida, Justo y unos cuantos policías se acercaron a la dirección indicada, que apuntaba a un edificio residencial ubicado en el centro de la ciudad, una zona bastante concurrida. Una vez allí, procedieron a entrar conducidos por la conserje, quien les indicó, entre intrigada y amable, el apartamento donde el señor Julián Sánchez residía, en el cuarto piso, aprovechando la ocasión para informar sobre su paradero:

—Este es el indicado. Pero el señor Julián no ha vuelto a su apartamento desde hace un buen tiempo. ¿Le ocurrió algo?

Tal como predijo la conserje, nadie respondía a los llamados a la puerta del apartamento por parte de la policía. Efectivamente, parecía no haber nadie allí dentro.

—Eso es lo que queremos saber —aseguró Justo, en respuesta a la preocupación de la conserje para luego interrogarla—. ¿No conoce si alguien más disponía de libre acceso a este apartamento? Probablemente nos veremos en la obligación de forzar la cerradura para entrar.

—Si de entrar se trata, no hará falta —anunció la conserje—. Yo dispongo de las llaves de todos los apartamentos en caso de emergencia. Respecto a su pregunta, además de mí no creo que nadie tuviera acceso a su apartamento. El señor Julián no tiene familia ni amigos. Al menos nadie con quien se le haya visto entrar a su apartamento.

Por solicitud de Justo, la conserje bajó hasta su apartamento en la planta baja para buscar la llave solicitada, volviendo minutos después, sudando y con la respiración agitada debido a su sobrepeso. Al entrar en el apartamento, bastante pequeño, lo encontraron vacío de cualquier presencia humana y todo perfectamente limpio y organizado, a excepción de un poco de polvo cubriendo los muebles, denotando la falta de tacto humano durante poco tiempo pero el suficiente para comenzar su acumulación. Incluso las sábanas del cuarto se encontraban perfectamente tendidas y ninguna anomalía que describiera una situación de violencia dentro del lugar. Encontraron una mesa con cajas de juguetes, perfectamente ordenadas, y un mueble con repisas sobre las cuales se apoyaban distintos muñecos y figuras de acción cuidadosamente alineadas. Parecía el hogar de alguien que estaba próximo a llegar después de haber salido para afrontar su rutina diaria. Justo nuevamente insistió al preguntarle a la conserje:

—Si tuviera que dar un estimado de tiempo, ¿desde cuándo no ha visto al señor Julián?

—Un mes, creo —respondió la conserje no muy segura de su respuesta—. Quizá un poco menos. ¿Ya preguntaron en su trabajo? El señor Julián era el dueño de la juguetería del centro comercial.

—Ya lo sabemos —confirmó Justo—. ¿Acaso no sabe que la juguetería fue cerrada hace un mes, aproximadamente? Es decir, el mismo tiempo que podría llevar sin volver a su casa.

—Eso no parecen buenas noticias —dijo la conserje con un rostro confundido tras haber escuchado esa noticia—. Me extraña mucho. Julián es bastante conversador y nunca me dijo que pensaba cerrar su juguetería.

—Esto se complica —le dijo Justo a sus oficiales—. Busquen dentro del apartamento todas las llaves que encuentren. Tenemos que entrar a esa juguetería. Necesitaremos una orden de allanamiento, para eso.

Justo hizo unas cuantas llamadas mientras sus hombres buscaban llaves sin éxito. Uno de los policías le aseguró:

—No hay llaves en ninguna parte. Pero encontramos esto. El oficial alzó su mano mostrando lo que parecía ser un pequeño lazo rosado. Al manipularlo, Justo notó que dicho lazo contaba con una liga sujetadora y que se trataba de un accesorio para amarrar el cabello de una niña. Intrigado, se devolvió de nuevo en dirección a la conserje para preguntarle:

—¿No ha visto a nadie irregular en el edificio, recientemente? Voy a ser muy específico, ¿ha visto a un hombre joven alto acompañado de una niña de cinco años?

A la conserje se le iluminó el rostro, gracias a un recuerdo:

—Ya que lo menciona, recuerdo haber visto algo que quizá concuerde con esas descripciones. Un hombre alto y delgado saliendo del edificio acompañado por una niña, a quien no pude ver bien porque llevaba un impermeable naranja. De eso hace unos pocos días. Algo que me pareció curioso porque no estaba lloviendo. Los vi pasar a mi lado mientras me encontraba limpiando y no saludaron. Pensé que se trataba de los hijos crecidos de alguno de los residentes.

Justo se interesó notablemente por lo que estaba escuchando. Una euforia inesperada recorrió su cuerpo. Todo indicaba que la teoría de Diana era certera y estaban a punto de descubrir algo. Cada vez estaban más cerca de resolver el caso.

—¿Recuerda si conversaron entre ellos? ¿Dijeron algo?— quiso saber Justo.

—Pasaron muy rápido. Pero ¿eso por qué está relacionado con el señor Julián?

—Lamentablemente eso es información confidencial y no podemos revelarlo. Pero agradecemos toda su colaboración — se disculpó Justo, para luego hablar con sus hombres, ordenando—: Nuestro trabajo en este lugar ha terminado. Debemos requisar la juguetería apenas recibamos autorización para su allanamiento.

Dicho y hecho, Justo y los policías que lo acompañaban interrogaron a unos cuantos vecinos del mismo edificio, sin conseguir mayor información que la provista por la conserje. Abandonaron el edificio dejando atrás a la preocupada conserje, quien ya temía que algo malo le había ocurrido al señor Julián, tan estimado por ella y todos los que lo conocían. Cada uno de sus vecinos ofrecía las mejores opiniones sobre Julián y de inmediato expresaban inquietudes sobre su paradero y lamentaban que algo malo le hubiera pasado. Justo compartía semejante preocupación pero prefería no dar por sentado nada hasta no encontrar evidencia incluyente, pero consideraba que sus temores no eran infundidos y que en el camino de conseguir a un culpable descubrirían una nueva víctima. Ya de vuelta en la jefatura, el resto de los policías esperaban impacientemente nuevas acciones a seguir mientras Justo permanecía encerrado en su despacho. Si de él dependiera se lanzaría con un puñado de hombres para irrumpir en la juguetería y registrarla a fondo. El reloj marcaba las cuatro de la tarde y disponían de dos horas para realizar el allanamiento de la juguetería en el centro comercial una vez recibida y aprobada la orden. No debían permitirse otro día de tardanza, cuando estaban tan cerca de conseguir una nueva pista. Cada minuto que pasaba sin recibir esa aprobación, constituía otro minuto de triunfo por parte del "guardián de los juegos" contra su departamento. Justo reflexionaba que el problema con ser una autoridad respetable era que por encima de él había otras personas a las cuales les debía respuestas y que tenía que rendir cuentas sobre la responsabilidad de sus acciones. Mientras mayor es tu poder, más atado de manos te encuentras. Pensaba en Diana, por ejemplo, que al no ser una detective o policía podía permitirse mayores libertades a la hora de investigar sin esperar el permiso de nadie. Admiraba su fuerza de voluntad y su capacidad de razonamiento, el tipo de virtudes propias de un buen policía aun sin serlo. Sin embargo, esas cualidades se acompañaban también de una terquedad temeraria y era preciso estar pendiente de sus movimientos. Mientras la solicitud de la orden de allanamiento seguía sin respuesta, Justo se animó a llamar a Diana para compartir con ella parte de la información obtenida hasta el momento y para tantearla en caso de que ocultara información. Tras dos repiques, Diana lo saludó de inmediato, reconociendo el número telefónico:

—¡Justo! ¿Alguna novedad?

—Nada definitivo, pero creemos que tu teoría es acertada —adelantó Justo—. No puedo darte muchos detalles, pero el dueño de la juguetería es susceptible de ser reportado como desaparecido. Nadie lo ha visto por un mes, ni siquiera en el edificio donde vivía. Eso me preocupa, temo que haya sido otra víctima del "guardián de los juegos". Ahora estamos esperando que nos den carta blanca para introducirnos en la juguetería. Estoy convencido de que, de ser cierta tu teoría, allí encontraremos una pista que confirme que estamos buscando a la misma persona y que nuestro sospechoso principal se corresponde con ese empleado de la juguetería.

—Cada vez estoy más convencida de que se trata de la persona que buscamos —recalcó Diana al otro lado del auricular—. Ojalá no hayan nuevas víctimas en su camino. Esta pesadilla tiene que llegar a su fin.

—Es así, Diana —la apoyó Justo—. Pero si hemos llegado tan lejos con paciencia debemos ahora actuar con cautela para rescatarla de sus manos. Confía en nosotros. Lo atraparemos y Mina volverá a tener la vida que quieres darle. No nos apresuremos y acabemos empeorando las cosas.

—Supongo, Justo —respondió Diana con un tono

indescifrable—. Pero en una situación como esta, quienes sufrimos la pérdida de un ser querido sin tener respuestas claras sobre su paradero no podemos permitirnos ser pacientes. Confío en ti y en el trabajo de tu departamento, pero no me pidas que sea paciente porque ya hemos esperado mucho. Ese hombre es peligroso y está dispuesto a hacer cualquier cosa para ganar su partida, cueste lo que cueste, si interferimos en sus jugadas.

—Me preocupa escucharte hablar de esa manera —declaró Justo—. Entiendo tu dolor y no desestimo tu desesperación. Pero es nuestro trabajo encargarnos. No hay nada que puedas ni debas hacer. Has colaborado como nadie en este caso, pero es tiempo que dejes el resto en manos expertas. No dejes que ese psicópata te manipule. Hacerte sentir con miedo y creer que él tiene el control es su mejor arma para doblegarte y que caigas en su trampa. Diana, ¡por favor!, dime si no has recibido algún nuevo mensaje de su parte.

—Estoy desesperada, es cierto, pero no soy tonta —subrayó Diana—. Y tal como te lo he dicho en repetidas ocasiones, todo lo que sé es lo que he dicho. Agradezco tus precauciones, un poco extremas considerando que hay por lo menos cinco policías apostados ahora fuera de mi edificio, pero no debes temer ninguna acción irresponsable de mi parte. Te pido que también confíes en mí.

—De acuerdo, Diana —dijo Justo con un dejo de resignación. Le costaba creer en sus palabras, pero también confiaba en que ella sabría hacer lo correcto en el momento perfecto—. Te estaré informando sobre nuestro operativo en la juguetería. Como siempre, aquí estaremos atentos ante cualquier novedad y para asistirte si así lo necesitas.

—Lo sé, Justo— contestó Diana, lacónicamente —. Quedo a la espera de novedades. Hasta luego.

Diana colgó la llamada y Justo solo incrementó su preocupación por ella tras esa conversación. Pero confiaba en que tenerla vigilada era suficiente para evitar cualquier acción imprevista de su parte. Justo caminaba de un lado a otro de su oficina, intranquilo, pero concentrándose en las acciones que tomaría, repasándolas mentalmente aunque se las supiera de memoria. No soportaba la lentitud con la que sus superiores tomaban las decisiones, con esa calma cruel de los poderosos antes de manifestar el dictamen de su fría voluntad. Cuando sentía que estaba al borde de su paciencia y a punto de volver a llamar sus superiores exigiéndoles una respuesta inmediata un fax entró en su oficina y no necesitó leerlo para saber que decía. A los oficiales preparados que aguardaban el anuncio, aún les tomó por sorpresa la salida intempestiva de Justo fuera de su oficina ordenando con una inflexión autoritaria en su voz y batiendo sus palmas:

—Orden de allanamiento aprobada. Nos queda una hora para llegar antes que cierren el centro comercial. ¡No tenemos tiempo que perder! ¡Vamos!

En el centro comercial, tanto trabajadores como transeúntes que lo frecuentaban para hacer sus compras o soñar que adquirían las cosas que deseaban con solo verlas, se sorprendieron al presenciar la llegada de varias patrullas policiales y un grupo de oficiales armados que acordonaron el centro comercial. Una cuadrilla de este grupo encabezada por Justo caminaban resueltos hacia el piso donde se encontraba la juguetería. Quienes estaban dentro de las tiendas se asomaban fuera, movidos por la curiosidad, y la gente se apartaba de inmediato para dejarlos pasar y se quedaban atónitos observando tan curiosa marcha. Los rumores pasaban de tienda en tienda y no hubo persona alguna dentro del centro comercial que no se preguntara que ocurría y buscara enseguida otra persona para comentar sus impresiones:

—¿Ha muerto alguien? —preguntó un hombre, quien terminaba de pagar unas tabletas de chocolate a la señora del quiosco de golosinas.

—De haberse muerto alguien, vendría una ambulancia. Yo creo que buscan a alguien para llevárselo preso —contestó ella, aprovechando la confusión del momento para quedarse con el cambio de lo que su cliente pagaba.

En otras esquinas, los desconocidos hablaban entre sí para compartir sus impresiones, en las que aumentaban las preguntas y escaseaban las respuestas:

—Pero ¿qué pudo haber pasado? —le preguntaba una mujer a uno de los guardias del centro comercial.

—Una orden de allanamiento. Sospechaba que esto pasaría.

—¿Por qué?

—Estuvieron haciendo interrogatorios, recientemente. Algo no huele bien.

Y así en todas partes. Incluso uno de los trabajadores encargados de la limpieza del centro comercial corrió presto hacia la librería para avisarle a su dueño:

—¡Señor Manuel! Venga pronto. Los policías han venido a registrar la juguetería de don Julián.

—¡Dios mío! Eso significa que algo malo le ha ocurrido —dijo el librero sujetándose la cabeza y saliendo de inmediato para averiguar lo qué ocurría.

Justo y sus oficiales se organizaron frente a la juguetería. No habría mayor obstáculo para abrir la puerta que forzar su cerradura, la que probablemente tendrían que romper y dejar inservible. Justo alzó su mano e hizo unas señas que solo eran comprendida por sus hombres. La mayoría se apartó permitiendo que dos hombres con sendas porras le dieran golpes duros y sistemáticos a la cerradura hasta hacerla ceder.

Cuando finalmente la puerta se abrió, permitiendo su libre acceso, Justo hizo renovadas señas. Un grupo de hombres empuñaron sus armas, alzándolas para encabezar la entrada a la juguetería, agrupándose como una fuerza dispuesta a todo ante la incertidumbre de no saber qué encontrarían en su camino. Detrás de ellos avanzaba Justo, protegido por un grupo de tres hombres cubriendo sus flancos. Ya dentro de la juguetería tardaron unos cuantos segundos en dar con el interruptor que encendía todas sus luces y vieron que el lugar se encontraba deshecho como si hubiera pasado un pequeño tornado, tumbando a su paso casi todo lo que allí se encontraba. Anaqueles caídos y juguetes desparramados a lo largo del suelo, componían el escenario clásico de una escena del crimen. Bajo la cobertura de sospechas que anidaban en la mente de Justo comenzaba a revelarse la piel de probables certezas. En el primer piso de la juguetería solo encontraron ese desorden, como indicio de una irrupción violenta y quizá una posible pelea. Procedieron con el allanamiento subiendo al segundo piso y allí encontraron un espectáculo que obligó a apartar la vista a los más sensibles: el cadáver de un anciano delgado cubierto de cal, que le daba un aspecto marmóreo como si se tratara de una estatua, con los brazos abiertos en forma de cruz y disfrazado de superhéroe enmascarado, enfundado en un traje ajustado que le quedaba pequeño, revelando parte de su carne desnuda en el estómago, muñecas y tobillos. Las manos enguantadas y los pies calzados con unas botas rojas. Se trataba de la combinación de varios disfraces para componer una indumentaria desarticulada e incomprensible. Afortunadamente, la cal mitigaba el olor, pero ya comenzaba a sentirse la putrefacción en proceso. Al alzar la cabeza por encima del cadáver, Justo vio tres pizarras magnéticas cuidadosamente dispuestas para la difusión de un mensaje, escrito con letras de plástico imantado colocadas sobre ellas: *Aquí yace el último hombre justo, ganador de todas sus partidas excepto la última. Si has llegado hasta aquí, felicidades. Mi juego ya fue ganado.* Justo cerró los ojos por un instante sospesando su indignación y el sabor de la derrota a pesar del revelador descubrimiento. Diana tenía razón y ya no quedaba dudas de quien se trataba. Esta nueva víctima constituía la infausta pista que necesitaban para corroborar que el "guardián de los juegos" había trabajado allí. Un oficial interrumpió a Justo gritándole desde el primer piso, pidiéndole que bajara debido a otro hallazgo:

—Encontramos el acceso al depósito. Tiene la apariencia de una guarida que fue abandonada recientemente.

CAPÍTULO 12

—¡Apúrate, mamá! Tenemos que llegar a la primera cumbre antes del mediodía.

—¡Espérame, Luisana! No corras tanto, que te puedes caer.

Graciela Carmona sudaba copiosamente mientras trataba de igualar el paso rápido de su hija, quien entusiasmada saltaba entre las piedras en el ascenso de la colina. En el camino se veía obligada a detenerse para recuperar la respiración y beber largos sorbos de agua, mientras su hija se impacientaba porque quería llegar cuanto antes a la meta pautada para aquel día. Apenas se cumplían tres días desde que iniciaran su excursión de verano, a cientos de kilómetros lejos del hogar, y Luisana era quien llevaba la batuta en todo lo relativo a la organización del itinerario que seguirían durante un mes y medio. Si bien Graciela no le daba la misma importancia a este viaje en comparación con su hija, la ayudaba a distraerse de los pensamientos que carcomían su consciencia cada noche antes de disponerse a dormir. Incluso en aquel instante, apoyada en las rocas de una montaña espaciosa y sintiéndose incapaz de completar la subida, Graciela no apartaba de su mente una idea fija, que retumbaba como un grillo oculto en tu habitación perturbando la paz de tu descanso y al que no consigues localizar sin importar cuánto intentes buscarlo. ¿Era peor decir una mentira u omitir de forma deliberada una verdad? Técnicamente no le hacía daño a nadie al no revelar una información que nadie esperaba que ella supiera y que eventualmente se descubriría por otros medios, tarde o temprano. En cambio, se exponía a hacerse daño a sí misma y a su hija si se sometía al escrutinio de la policía al mismo tiempo que le daba motivos a un asesino para provocarlo y vengarse de ella. Sin embargo, por más argumentos que se repitiera en silencio para justificar sus acciones, o su falta de acción para ser exactos, un número igual o mayor de razones la interpelaban para hacerla dudar y sentirse culpable. Si aquella niña secuestrada aparecía muerta, o si nuevas víctimas sufrían un destino fatal, antes de que atraparan al culpable por falta de información, Graciela estaba siendo cómplice de sus presentes y futuros crímenes.

—Mamá, ¿estás bien? —preguntó Luisana, quien tuvo que devolverse por el camino ya superado para alcanzar nuevamente a su madre detenida, hallándola con el rostro enrojecido por el calor y su pecho subiendo y bajando sin parar como signo de un respiración acelerada; en fin, el resumen de un cuerpo afectado por un esfuerzo superior a sus límites.

—Sí, hija. No te preocupes —la tranquilizó Graciela—. Pero creo que me cuesta seguir tu ritmo. Mejor sube tú. Yo te alcanzo poco a poco. Creo que mi cuerpo ya no tiene edad para estos trotes.

—¡Ay, mamá! No seas exagerada —respondió Luisana, cariñosamente—. Aún eres muy joven, solo estás fuera de forma. Ya verás que en unos días serás tú quien llegue primero a todas partes y me pedirás que me apure. Te espero arriba. No tardes tanto.

Luisana le dio unas palmaditas en la espalda y le dejó su termo lleno de agua al darse cuenta que su madre agotó las reservas del suyo, antes de reanudar su ascenso, ahora sin interrupciones. Graciela apoyó los brazos en sus rodillas, inclinando un poco su cuerpo, para sosegar su respiración. Luego se incorporó nuevamente, sintiéndose un poco más descansada, reanudando el camino hacia la cumbre donde su hija no tardaría en esperarla, probablemente ya próxima a llegar considerando lo rápido de sus movimientos enérgicos y juveniles. Debido a un acto reflejo, a medida que continuaba su marcha en ascenso, sacó su celular del pequeño portadocumentos que llevaba alrededor de su cintura. Contrario a sus primeras intenciones, no se deshizo de su celular, pero tampoco lo había encendido desde que su hija atendiera aquella extraña llamada por parte de aquel que no se atrevía a nombrar. Ese mismo día pidió su permiso especial de vacaciones en la cadena televisiva, enfrentándose a las cuantiosas quejas y peticiones de sus jefes reclamando que no era el momento apropiado para abandonar la cobertura del caso que con tanto ahínco reportó desde sus inicios, acusándola incluso de ser poco profesional. Graciela no cedió y reafirmó su necesidad de pedir esas vacaciones aunque le costara la pérdida de confianza de sus jefes y una mancha en su reputación, tras tantos años de trabajo impecable. Innegociable en su decisión, Graciela alegó motivos familiares que no podían postergarse. Suponiendo que encontraría montones de mensajes y llamadas perdidas por parte del canal y sus jefes rogándole que volviera, Graciela quería motivarse un poco en el reconocimiento de que era extrañada. Por eso no le sorprendió encontrar 112 mensajes sin leer en su bandeja de entrada, a medida que subía una pendiente. Pero su satisfacción enseguida se transformó en terror cuando 96 de esos mensajes provenían del número perteneciente al fallecido Daniel Fernández, con idénticos mensajes en los cuales podía leerse: *En tus manos encomiendo la culpa de la próxima sangre que mis manos derramen.* Solo el último, recibido hace dos horas, se diferenciaba del resto: *Has perdido tu turno. Que tu conciencia te premie.* Fue tal su impresión al leer esos mensajes, que Graciela casi tropieza cuesta abajo en una caída peligrosa. Subió como pudo hasta un rellano ancho en el cual se acostó con el corazón acelerado y una mano sujeta al pecho, presa de un ataque de pánico. Unos campistas se acercaron a ella preguntando si se encontraba bien y ella, con los ojos desorbitados, solo miraba al cielo, sin poder controlar los nervios que la dominaban. Quería gritar, pero incluso la garganta se atoraba y apenas pudo toser. Al cabo de un rato su hija Luisana estaba arrodillada junto a ella, diciéndole:

—¡Calma, madre! Todo estará bien. Respira y no te muevas. Buscaré a los paramédicos que se encuentran en la cima.

Luisana volvió a subir para cumplir con lo anunciado, mientras Graciela sacó fuerzas como pudo para sujetar su celular frente a su rostro y marcar un número sin equivocarse. Luego de varios repiques una voz respondía y Graciela se saltó las introducciones para decirle:

—Hola, Diana. Seré breve y no preguntes cómo lo supe, pero es la verdad. El hombre que todos buscan se llama Bautista. Si hay alguna manera de encontrarlo tienen que hacerlo ahora. El tiempo se acaba.

* * *

Desde que allanaron la juguetería en apenas horas descubrieron más evidencias de las que pudieron recolectar a lo largo de un mes. Ya no quedaba dudas: el empleado de la juguetería era el mismo "guardián de los juegos" que se preciaba de tener a Mina secuestrada y, con toda seguridad, el muchacho que cuidaba los niños en casa de Bárbara tal como lo describiera Daniel Fernández. De momento a este hombre, quien seguía sin ser identificado a partir de un nombre, se le imputaban los cargos de cuatro homicidios dolosos ejecutados con premeditación y alevosía y de secuestro simple. Tras requisar toda la juguetería consiguieron que en el depósito había rastros de comida, así como una cama, indicios de una posible habitación por parte del victimario y, a su vez, como un lugar probable en el que hubiera sido retenida Mina durante varios días. Apenas transcurrió un día desde aquellos acontecimientos y ya en la televisión se anunciaba el descubrimiento de un nuevo cadáver así como de una guarida, aunque sin dar muchos detalles. Desde que Graciela Carmona se apartara de la cobertura del caso, para sorpresa de todos y sin una explicación satisfactoria, ya no se le daba tanta importancia al caso, lo que era beneficioso, por una parte, porque Justo trabajaba sin esa presión malsana y Diana no veía amenazada su intimidad, pero también generaba el efecto de que la gente olvidara lo ocurrido o le importara menos y que no se preocuparan por reportar si veían una niña que encajara con la descripción de aquella que se encontraba desaparecida.

Diana veía esas noticias y pensaba en la escueta información que le diera Justo recientemente. Ella sospechaba que Justo ya no le facilitaría toda la información disponible para así evitar una acción inesperada de su parte. Pero el recelo de Justo no era su preocupación más importante en aquel momento. Diana había refrenado sus impulsos de volver a escribirle al "guardián de los juegos" y, en cambio, obedeció sus instrucciones, esperando que fuera él quien se manifestara. Aquella mañana Diana fue despertada por un aterrador mensaje por parte del "guardián de los juegos": *Comienza nuestra última partida. Tienes 24 horas para encontrar a Mina. ¿Recuerdas el libro que le regalaste a ella? Te daré instrucciones si logras adivinar mi nombre, de lo contrario ya nunca podrás verla. Pero te daré una pista: confía en la voz de las noticias.* Desesperada Diana fingió que se sentía indispuesta y le dijo a su esposo que permanecería en cama, llamando seguidamente a la escuela para notificar su ausencia por reposo. En el cuento al que hacía referencia el "guardián de los juegos", el duende, que respondía al nombre de Rumpelstiltskin quería arrebatarle el hijo a la molinera transformada en princesa a menos que adivinara su nombre, que nadie conocía. Solo una afortunada casualidad le permitió conocer ese dato en el último instante y así lograr impedir que el duende cumpliera su palabra. Diana se encontraba en una situación semejante, pero sin la confianza de resolver el enigma antes que se cumpliera el tiempo. Ya sola en su casa y guiándose por la única pista que le ofreciera el "guardián de los juegos" se dedicó a no dejar de escuchar las noticias relacionadas con el caso, tanto en radio como en la televisión, pero no hubo nada que no supiera desde antes. Justo había manifestado su perplejidad al no encontrar ninguna pista sobre el nombre de este hombre en la juguetería, ni nada que denunciara su identidad. Era como si no existiera en ninguna parte o se hubiera encargado de borrar todo vestigio que revelara esa información imprescindible. A medida que las horas transcurrían, sus miedos aumentaban y se sentía tentada de llamar a Justo o Alex, para contarles lo que estaba sucediendo. Pero lo mejor era continuar jugando bajo el dictamen de sus reglas antes que acelerar un mal destino. Los presentimientos arreciaron poco después del mediodía y Diana decidió arreglarse con la intención de salir fuera de su casa, sin saber cuándo ni dónde, y una vez lista esperó sentada frente al televisor, confiando en que su cuento también tendría un final feliz. Fue en ese momento cuando recibió la llamada de Graciela:

—Hola, Diana. Seré breve y no preguntes cómo lo supe, pero es la verdad. El hombre que todos buscan se llama Bautista. Si hay alguna manera de encontrarlo tienen que hacerlo ahora. El tiempo se acaba.

—¿Graciela? ¿Estás bien?

—Espero que sirva de algo. No intentes contactarme. La llamada se colgó y Diana ya tenía no solo la respuesta que tanto buscaba sino que a partir de eso infería la razón por la cual Graciela se retiró de sus compromisos televisivos. De alguna manera ella se encontraba amenazada por el "guardián de los juegos", por la cual prefirió huir. Pero no había tiempo para preocuparse por Graciela ya que Mina se encontraba en mayor riesgo. Era ahora o nunca el momento para salvarla. Sin preámbulos, Diana le escribió al "guardián" un mensaje de texto simple y de una sola palabra: *Bautista*. Diana leía el mensaje y veía en ese nombre tanto el secreto de una tragedia como la invocación para una salvación. Ahora estaba un paso más cerca de su reencuentro con Mina. Minutos más tarde, intervalos de tiempo que para Diana se medían en eternidades, la respuesta de Bautista vino con instrucciones claras: *Un tren partió hace dos horas. El próximo parte en 30 minutos. Deja que ese tren te lleve a la siguiente casilla para la próxima instrucción.* Diana salió fuera de su casa a la carrera, estimando el tiempo para llegar a la estación de trenes con prontitud. Tenía cinco minutos para agarrar el autobús que la llevaría a dicho lugar en otros diez minutos. El tiempo estaba contado y a Diana no le importó caminar con paso acelerado hasta la parada de autobuses ante la mirada distraída de los dos oficiales dentro de la patrulla policial encargada aquel día para vigilarla. Cuando se dieron cuenta, ya estaba por llegar a la parada. Uno de ellos se bajó corriendo tras ella en el preciso instante en que un autobús se detenía en la parada indicada. Diana no esperó que la detuvieran y se subió de inmediato tras correr el corto trecho que quedaba. Pudo ver el autobús alejándose y el policía dejado atrás, de pie, en el medio de la calle con el rostro confundido. No tardarían en llamar a Justo y debía adelantárseles. Sus estimaciones casi coincidieron cuando al cabo de once minutos se encontraba a una cuadra de llegar a la estación de trenes. Se bajó inmediatamente y corrió hasta la taquilla para adquirir un boleto para el próximo tren, que partiría en menos de diez minutos. Le informaron que el siguiente tren en salir viajaría dos kilómetros hacia el oeste de la ciudad. Diana adquirió su ticket y se subió al tren, mientras esperaba que encendieran los motores para iniciar el recorrido. En ese preciso momento, su celular sonó y Diana pudo leer que se trataba de Justo. Dubitativa veía la pantalla de su celular brillando sin decidirse a contestar, hasta que finalmente tomó valor y atendió. La voz de Justo denotaba un profundo enojo:

—Diana, no nos hagas esto. Dinos hacia dónde te diriges.

—El guardián de los juegos me espera —confesó Diana—. Lo siento mucho, Justo, pero no tengo otra alternativa. Aún no recibo todas las instrucciones. Todo es parte de su plan y Mina se encuentra en peligro. Hoy su juego termina de un modo u otro. Ojalá puedan encontrarnos a tiempo, pero yo debo jugar su juego hasta el final. Se llama Bautista y no va a rendirse.

—¿Desde cuándo sabes su nombre? ¿Por qué no confiaste en nosotros? —preguntó Justo, con una nota de desesperación en su voz—. Si no puedo hacerte cambiar de opinión para que te devuelvas, por lo menos podrías decirnos dónde se encontrarán.

—Hay partidas que nadie puede jugar por ti—aseveró Diana— Me dirijo dos kilómetros hacia el oeste de la ciudad. Es todo lo que sé.

El ruido de motores anunció la partida del tren. Diana colgó la llamada, viendo como quedaba atrás el paisaje urbano, a medida que el tren avanzaba. Un suspiro hondo se atoró en su corazón confundiéndose con sus presentimientos. El recorrido del tren tardó menos de lo previsto y Diana se apeó en la estación mirando confundida a su alrededor. Escribió un nuevo mensaje a Bautista indicándole con una oración breve: *Ya estoy aquí*. Su respuesta, en cambio, vino acompañada con los adornos discursivos de costumbre: *En la feria de los tontos se encuentra un reino de juegos abandonado. En las ruinas de ese reino la princesa y su guardián te esperan.* Diana releyó el mensaje varias veces y se dispuso a buscar por la ciudad, tratando de preguntar la dirección de algo tan impreciso como lo descrito por ese mensaje. Aquel rincón de la ciudad no era tan vasto, pero no le bastaría un solo día para recorrerlo sin saber con claridad lo que buscaba. En un par de horas caería la noche y sus circunstancias no mejoraron cuando retumbó un trueno anunciando el principio de una terrible tempestad.

CAPÍTULO 13

Se llamaba Bautista. Muy poco podía decirse sobre su vida si les preguntabas a las contadas personas que lo conocieron, pero eso no quiere decir que no hubiera muchas cosas que contar sobre él. Se llamaba Bautista y no siempre fue el "guardián de los juegos" ni un asesino. Hijo de una familia de clase media acomodada huyó de su casa cuando su madre murió, tras un enfrentamiento con su padre para defender a su hermana. Ambos eran maltratados por su padre a expensas de la madre enferma, quien apenas notaba lo que ocurría en su casa, a medida que su vida se apagaba lentamente producto de una rara enfermedad tropical para la cual no había cura. Su padre no hizo nada para buscarlo, para así disponer de la herencia de su esposa al morir sin obstáculos en su camino. Desde entonces, a sus doce años, vivió en las calles sin haber terminado su educación escolar, desperdiciándose así la vida de un excelente estudiante a quien le fascinaba la lectura. Aunque vivía de la mendicidad, huyendo siempre de policías o trabajadores sociales, invertía parte de su tiempo en la biblioteca pública devorando todo tipo de libros. Fue allí donde entabló amistad con una bibliotecaria anciana quien le permitió dormir en las noches dentro de la biblioteca y le traía desayuno todas las mañanas al despertar. El resto del día debía valerse por sí mismo, ya que la señora no disponía de medios suficientes para mantenerlo. Durante años, su vida en la biblioteca fue casi perfecta a pesar de todas las carencias ya que incluso recibía el cariño de la anciana, quien lo quería como si fuera el hijo que nunca tuvo. Un buen día la señora no vino. Pasaron los días y la biblioteca permanecía cerrada hasta que vino una comitiva de la alcaldía para reabrirla con un nuevo encargado. Escondido entre las personas se enteró de la muerte de su amiga y prefirió huir enseguida embargado por la tristeza. A los 15 años, tras esa pérdida de alguien tan querido para él, se trasladó incansablemente de ciudad a ciudad, viajando entre trenes y autobuses sin permanecer mucho tiempo en un mismo sitio. Cuando cumplió los 17 años se encontraba en una localidad tranquila, idónea para permanecer un tiempo viviendo en parques y plazas. A veces hacía trabajos menores para ganar un poco de dinero como lustrar zapatos. Fue así como conoció a Julián, quien pagaba sus servicios como lustrador de zapatos y ambos entablaron curiosas conversaciones sobre la vida. Enternecido por la historia, que Bautista modificó a conveniencia diciendo que era el hijo huérfano de una pordiosera, le dio empleo en su juguetería. El señor Julián acomodó el depósito de la juguetería como una habitación para él y lo nombró su asistente de confianza. También le enseñó cómo salir de allí, en caso de emergencia, a través de una puertecilla que conducía a las tuberías subterráneas del edificio. Cada tienda tenía esta portezuela, ya que el edificio fue construido cerca de una fábrica que ya no existía, pero que podía representar un riesgo en materia de incendios. Algo que a Bautista le sería de utilidad posteriormente para salir y entrar en las noches, o a primera hora de la mañana, para así pasar desapercibido. Como ya estaba envejeciendo y presentaba resfriados constantes, Bautista quedaba absolutamente a cargo de la juguetería durante muchos días, siendo encargado de abrirla y cerrarla según el horario indicado y sin que nadie sospechara que él vivía allí. En una de estas ocasiones, conoció a Bárbara quien se encontraba fumando fuera de la juguetería llorando. Aunque Bautista fuera poco dado a conversar con cualquiera, le conmovieron las lágrimas de esa mujer y le ofreció un pañuelo. Ella sonrío y le ofreció un cigarro. Ese día aprendió a fumar y surgió entre ellos una rara relación, ajena a todo acercamiento erótico, una simpatía que los identificaba a través del dolor. Bárbara necesitaba un desconocido con el cual desahogarse y Bautista una amiga joven, ya que siempre fue un hombre solitario y sus únicos dos amigos a lo largo de su vida fueron ancianos. Por azares de las circunstancias, Bárbara lo incluyó parcialmente en su vida presentándole a sus hijos, conectando inmediatamente con la pequeña Mina y convirtiéndose en su protector. Jugaba con ella los fines de semana y a veces no abría la juguetería, los días en que Julián se encontraba indispuesto, para cubrir las peticiones de emergencia hechas por Bárbara quien se ausentaba para correr detrás de los amantes que luego la abandonaban. Cuando se reconcilió con su hermana, Bárbara le pidió que redujera sus visitas y que nunca se presentara sin antes avisarle. A veces desobedecía las instrucciones y se ponía a la vista de Mina, saludándola a distancia frente al árbol plantado a pocos metros de la casa, cuando ella era la única que se asomaba. Cuando Bárbara empezó a salir con Daniel, nuevamente le pidió que no volviera a visitarlos ya que no sería bien visto y lo apartó abruptamente de Mina. Ese día comenzó a odiarla por haberle dado la ilusión de recuperar la familia que nunca tuvo realmente y dejarlo nuevamente huérfano. Y, entonces, ocurrió lo que ocurrió: movido por la rabia y tras pensarlo durante meses, creó para sí mismo un personaje que hiciera las cosas que él no se atrevía. Un antihéroe como los de muchas de sus novelas favoritas, esas que leyó durante años en la biblioteca pública. El guardián de los juegos rescataría a Mina y restauraría su felicidad. Después de haber cometido sus primeros crímenes, fue descubierto por Julián. Con las manos manchadas de sangre y una niña dentro de la juguetería, a primeras horas de la mañana. Tuvieron una breve pelea, pero Bautista era más fuerte y lo cargó hasta el segundo piso y allí lo estranguló. Permaneció en aquel sitio con Mina durante casi un mes, cerrando la juguetería desde adentro y haciendo uso de los túneles subterráneos para salir. Compraba comida y otros enseres para ambos con el efectivo que durante años acumuló, gracias al pago mensual que recibía como encargado de la juguetería, y se aseguró de comprar cal y arena para mitigar el olor del cadáver. Entraba y salía con cuidado gracias a su método secreto, como si se tratara de una rata escurridiza, confiando en que la fachada cerrada y el anuncio de clausura fueran suficientes para mitigar cualquier sospecha. Ya sin dinero, se encontraba acorralado y sabía que pronto lo aprehenderían. Visitó el apartamento de Julián junto a Mina, pero no consiguió nada de valor y solo durmieron allí una noche. Al día siguiente abandonaron el lugar cuando apenas amanecía, y topándose únicamente con la conserje en la planta baja, pero sin que esta supiera de cuál apartamento habían salido. En esos momentos retener a Mina ocupaba todos sus pensamientos, por lo cual tuvo aquel descuido de ser visto. El juego estaba llegando a su fin, de cualquier modo. Entretanto, prefería morir junto a Mina antes que perder su juego, pero necesitaba alguien que atestiguara su triunfo. Citó a Diana en una localidad cercana que había visitado durante sus años nómadas y esperaba pacientemente su llegada en un local de videojuegos abandonado dentro de un parque de diversiones. Afuera llovía torrencialmente y Mina dormía dentro de una cabina a su lado. Eran la una de la madrugada y en unas horas se acabaría el tiempo previsto. El sonido de la lluvia lo hipnotizaba y Diana seguía sin presentarse. Lentamente fue cayendo en un sueño profundo, derrotado finalmente por todos aquellos días en los que no se permitió ni un minuto de descanso.

* * *

Sola y desesperada, Diana deambulaba por las calles oscuras y solitarias de esa zona desconocida para ella. Seguía sin resolver el enigma. Con sus piernas cansadas de tanto caminar y sintiéndose derrotada por no hallar a su sobrina, ni tener una remota pista del lugar indicado por Bautista a través de sus enigmas, avistó a lo lejos lo que parecía un parque de diversiones cerrado por la hora y su rostro se iluminó. Supo que aquel debía ser el sitio indicado. Trepó una cerca corta hasta introducirse. Caminó con cautela entre las atracciones apagadas, hasta llegar a una nueva parcela que indicaba "Cerrado por mantenimiento". El corazón de Diana latía aceleradamente y empujó ligeramente una puerta para introducirse en el espacio prohibido. Se trataba de un amplio salón de videojuegos descompuestos, conformado por máquinas recreativas o de arcade, de todo tipo y diseño. Diana la recorrió ya sin esperanzas de encontrar a Mina o a Bautista cuando apreció un bulto a lo lejos, que correspondía a una figura humana recostada de espaldas a una máquina. Al acercarse pudo ver a dos personas durmiendo, un hombre y una niña. Diana no pudo reprimir su sobresalto, ¡era Mina! La niña sintió el sollozo ahogado de su tía y se despertó, llamándola con alegría:

—¡Tía Di!

En el preciso instante en que la niña iba a pasar sobre Bautista para abrazar a su tía, este se despertó y no tardo en darse cuenta de lo que ocurría sujetando a Mina para impedir que siguiera en dirección a Diana.

—¡Suéltala!

Sin decir una palabra y evitando que Mina se le zafase de las manos, Bautista sacó un cuchillo. Diana retrocedió enseguida. Permanecieron en silencio sin apartar la vista el uno del otro. ¿Cómo era posible que una persona de apariencia normal y corriente albergara tanta maldad?

—No hay problema, guardián. Ella es mi tía —intercedió Mina—. Ella nos ayudara a llegar al castillo.

Diana le sonrió y Bautista se apartó de ella dando unos pasos hacia atrás sin soltar a Mina, cuando escucharon unos ruidos provenientes del exterior. Las voces de unos hombres, entre las que Diana pudo reconocer la de Justo. Habían localizado su ubicación, seguramente rastreando el GPS de su celular. Los ojos de Bautista se desorbitaron y gritó enloquecido:

—Esto no formaba parte del trato. Has traicionado el juego y ahora pagarás las consecuencias.

Bautista estuvo a punto de alzar el cuchillo contra Mina cuando Diana se abalanzó sobre él. Ocurrieron muchas cosas en poco tiempo: Mina se soltó corriendo hasta perderse de vista, Diana y Bautista forcejearon hasta que a este se le cayó el cuchillo y los ruidos de Justo, acompañado por el resto de oficiales, se sentían cada vez más cercanos. Diana estuvo a punto de gritar, pero Bautista la tumbó al suelo y comenzó a estrangularla. Diana intentaba soltarse, pero sin éxito hasta que, agitando sus manos, alcanzó un peñasco suelto del local semiderruido y se lo arrojó a Bautista, quien tuvo que soltarla. Diana tosía de rodillas, intentando recuperar la respiración cuando descubrió el cuchillo suelto y lo agarró antes que Bautista se lanzara de nuevo contra ella con el peñasco en la mano, con la intención de descargarlo contra su cara. Su acción se vio interrumpida por el grito de Mina a lo lejos, dentro de otra máquina de videojuegos inserta dentro de una estructura en forma de castillo:

—¡Bautista! Encontré nuestro castillo. Soy una princesa.

Mina lo saludaba desde la abertura en forma de ventana dentro del pequeño castillo de plástico y Bautista se distrajo para verla, ocasión que aprovechó Diana para clavarle el cuchillo en una pierna. Enseguida llegaron los policías al sitio y se encontraron con un Bautista sangrando, de rodillas, y a Diana a cierta distancia, todavía intentando recuperar la respiración. Bautista se esforzó en quitarse el cuchillo clavado en la pierna, lo cual representaba una herida dolorosa pero no mortal, para seguidamente correr hacia Diana para clavárselo, pero los policías reaccionaron inmediatamente y lo acribillaron a disparos hasta abatirlo. Diana se dejó caer en el suelo con la vista pérdida en el techo y agradeciendo que la pesadilla finalmente había acabado para siempre. Al poco tiempo fue reanimada por los abrazos de Mina y Alex, quienes la ayudaron a incorporarse levemente, arrodillándose a cada uno de sus lados. Los tres se abrazaron sin soltarse. Justo aguardaba a cierta distancia. Diana y él compartieron una mirada, mientras él les decía a sus hombres:

—Todos fuimos testigos que el asesino al que conocíamos como el "guardián de los juegos" fue herido hasta morir por nuestras fuerzas especializadas con el fin de salvar a las víctimas.

Diana veía a Justo con agradecimiento, sabiendo que sin su llegada providencial probablemente hubiera sido imposible para ambas salvarse. Pero la pesadilla había terminado, al igual que el juego siniestro de aquel asesino, y Diana se limitó a sentir alivio en los brazos de Alex y Mina rodeándola por completo.

—Estamos completos. —le dijo Alex susurrándole al oído.

—Como una familia. —alcanzó a soltar Diana con los ojos anegados en lágrimas.

EPÍLOGO

—¿Cómo lo está asimilando? —preguntó Rebeca—. Ella luce tan feliz. Nadie podría adivinarlo, si no conociera la historia. ¿Ya formalizaron el proceso?

Se encontraban tomándose un café en el apartamento de Diana. En vista de los recientes acontecimientos, Diana se había tomado unos meses libres y Rebeca, la madre de uno de sus alumnos, quiso ir a saludarla preocupada por ella. Alex se encontraba trabajando y Mina leía un libro recostada en el sofá de la salita, a la vista de ambas. Sonreía de vez en cuando, probablemente motivado por aquello que leía.

—¿La adopción? Sí, pronto Alex y yo seremos oficialmente sus padres —confirmó Diana—. Es raro. A veces pregunta por su madre y por su hermano. Y otras veces por ese monstruo. Poco a poco va comprendiendo lo que significa que alguien ha dejado de estar para siempre. Pero vamos construyendo este nuevo hogar entre los tres. Es una experiencia novedosa para todos, pero nos hemos adaptado. Es como si fuera algo que hemos estado esperando y finalmente lo conseguimos.

—Me alegra mucho, porque merecen ser felices —dijo Rebeca—. Le traje un regalo a Mina, pero no quiero interrumpirla en su lectura. Se lo puedes dar más tarde, ¿sí?

Rebeca le dio un paquete envuelto en papel de regalo y siguieron charlando calmadamente hasta que esta anunció que debía irse para recoger a su hijo en la escuela. Después de haberla despedido, Diana abrió el paquete envuelto, descubriendo que se trataba de una pequeña muñeca vestida de princesa. Sin decir una sola palabra, envolvió nuevamente la muñeca y la arrojó directamente a la basura. Ya suficiente habían tenido con aquellas fantasías de princesas y guardianes. Era mejor evitarle a Mina el recuerdo de Bautista y apartarla de tan nocivas fantasías. Se sentó luego al lado de Mina. Esta le dio el libro que traía en sus brazos, el cual lanzaba destellos por la estrella dorada que brillaba en su portada y Diana procedió a iniciar su lectura:

—*Había una vez un mundo hecho de nubes y deseos...*

NOTAS DEL AUTOR

Espero que hayas disfrutado leyendo este libro tanto como yo disfruté escribiéndolo. Estaría muy agradecido si puedes publicar una breve opinión en Amazon. Tu apoyo realmente hará la diferencia. Para dejar un comentario en Amazon, por favor visita este enlace:

https://amazon.com/review/create-review?asin=B01GRY9ST6

Conéctate con Raúl Garbantes
Si tuvieras alguna sugerencia, comentario o pregunta y deseas ponerte en contacto conmigo por favor encuéntrame en:

Facebook: https://facebook.com/autorraulgarbantes
Twitter: https://twitter.com/raulgarbantes

Mis mejores deseos,
Raúl Garbantes
Autor

https://amazon.com/author/raulgarbantes

Otras obras del autor

La Caída de una Diva
(Caso de los detectives Goya y Castillo n° 1)

Cuando se descubre el cuerpo sin vida de la diva Paula Rosales, en su camerino del Teatro Imperial, Aneth Castillo es designada para la investigación de su muerte. Ella es una inspectora novata recién llegada a la capital, que ha cambiado de aires esperando darle sentido a su vida. Pero para resolver el caso, necesita la ayuda del inspector Guillermo Goya, un veterano atormentado por su pasado que ha sustituido su familia y la profesión por la adicción a las drogas y el alcohol. Paula Rosales parecía llevar la vida perfecta: una carrera exitosa y un hombre que la adoraba. Sin embargo, la investigación llevará a Aneth Castillo por un mundo de apariencias y engaños que cuestiona la posibilidad real de una conexión significativa con otras personas.

Disponible en Amazon

El detective Olivert Crane siempre ha sido de los mejores en su trabajo, en las peligrosas calles de la ciudad de Seattle siempre ha sabido valerse por sí mismo mientras sigue buscando respuestas sobre la muerte de su padre. Con la repentina aparición de diferentes casos enlazados por un peligroso criminal y con una larga lista de sospechosos él tendrá que averiguar en quién puede confiar de verdad.

Disponible en Amazon:
https://www.amazon.com/dp/B0190K3FWU/

La pequeña Sarah va en el auto junto a su padre de regreso a casa. Pasan por el bosque en el que su madre desapareció hace cinco años y la niña se siente atemorizada. Después de cruzarse en el camino con un venado, se accidentan en el auto y, en el trajín, la pequeña cae por el abismo que da al bosque. Cuando abre los ojos se da cuenta de que se encuentra metida en una de sus peores pesadillas, está perdida en el mismo bosque en el que perdió a su madre.

Disponible en Amazon:
https://amazon.com/dp/B01GAGU9UI/

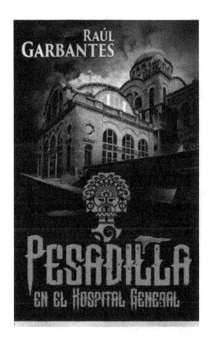

Tres personas se enfrentan al crimen organizado de la capital. La aparición de un paciente sin identificación en la sala de emergencias del Hospital General, desencadenará una serie de eventos misteriosos e intimidantes que obligarán a Julián Torres, Alejandra Villalobos y Willy Baralt, a desentrañar los hilos y urdimbres que unen la red de ilegalidad de la ciudad. El lector que recorra estas páginas se conmoverá con las historias de los personajes, la trama escalofriante en la que se ven envueltos y no despegará los ojos hasta el final, para saber si serán capaces o no de enfrentarse a los corruptos y criminales de la capital.

Disponible en Amazon:
https://amazon.com/dp/B01FZO75H6/

Robinson Montreal se debate entre encontrar propósitos para vivir y dejarse llevar por la maldición que pesa sobre su familia. Su tiempo se agota y, si elige vivir, debe intentar desentrañar el misterio que se esconde detrás de dicha maldición. También es la historia de almas atormentadas que trascienden en el tiempo, buscando restablecer el equilibrio en un mundo de injusticias. Una novela que indaga en la paradoja de una humanidad que ruega por un sentimiento de pertenencia, pero que a la vez se enajena y aísla en sus propios miedos.

Disponible en Amazon:
https://amazon.com/dp/B01HWOH1TY/

En un ciudad llena de contrastes vive Valeria Gómez, una exitosa mujer joven, que lleva una existencia metódica y ordenada. Todos los días, ella intenta controlar cada detalle, cada aspecto, cada espacio de su vida, sin dejar nada al azar, convirtiendo su vida en un marco rígido de prolijidad absoluta para ocultar un doloroso pasado familiar. Su vida transcurre tranquila entre su trabajo, el cuidado de sus plantas y su apartamento minimalista, que es su oasis y su refugio, y el café diario con su amigo Gianfranco, con quien comparte su pasión por el arte y su deseo de aprender italiano. Además, ha comenzado a convivir con Mariano, un guapísimo hombre por quien siente una intensa atracción sexual. Valeria no puede estar más feliz. No obstante, de un momento a otro su vida perfectamente controlada se vuelve un caos absoluto. Alguien la observa, la acosa, se mete en su casa y en su vida y no la deja en paz. Valeria comienza a ver cómo su vida se desmorona ante sus propios ojos sin que pueda hacer nada por evitarlo. Y es paradójico, porque el acosador parece estar obsesionado con los ojos y la mirada, y no para de dejarle a Valeria extraños dibujos de unos ojos. ¿Quién es el acosador? ¿A qué juega y por qué la persigue? ¿Cómo hará Valeria para descubrirlo antes de caer en un pozo de locura que le muestren los límites de una verdadera obsesión? No puedo develarte más. Adquiere ya un ejemplar de esta nueva novela del autor de "El Silencio de Lucía" y "El Palacio de la Inocencia" y dejarte llevar por este thriller psicológico que te mantendrá enganchado hasta el final.

Disponible en Amazon.
https://amazon.com/dp/B01LCXYVFS/

Los Peterson viven una vida normal y tranquila en su hermoso departamento con vista al lago. Están casados hace unos años y son muy felices. De repente, algo terrible ocurre: el vecino que vive frente a ellos es asesinado y Gloria, su viuda, parece haber perdido la razón. Poco tiempo después del trágico hecho, María, la hermana de Gloria, y su familia se trasladan al departamento que compartía la pareja. El hombre de esta familia, los Clarks, es un policía que, con su llegada a la ciudad, comienza a trabajar en la división de homicidios y a seguir las pistas del asesinato de su cuñado. Los Clarks y los Peterson se hacen amigos, pero entonces comienzan a perseguirlos una serie de sucesos extraños que ponen en peligro sus vidas. ¿Estará el asesino detrás de estos sucesos?

Disponible en Amazon:
https://amazon.com/dp/B01LYPA10D/

Después de pasados varios años, Lucía vuelve a la isla que la vio nacer y crecer. Su regreso transcurre entre recuerdos, reflexiones, un corazón roto y muchas preguntas. Lo único que se hace evidente, es la incertidumbre que envuelve cada cosa que piensa. Durante toda su vida, ha tenido que aprender a vivir con una sensibilidad extraordinaria que, de cierta manera, la ha unido de manera especial a sus prójimos, pero a la vez, la separa de todos. De casi todos. Ahora, un fracaso amoroso la obliga a replantearse su vida entera, debatiéndose entre la esperanza y el desengaño: tras una fuerte discusión, dejó el apartamento que compartía con el amor de su vida, Darío, frustrada por el aparente enfriamiento de su relación. Sin embargo, poco se imagina lo que le depara el destino en este regreso a la isla, que la enfrentará con viejos demonios y probará su misma humanidad.

Disponible en Amazon:
https://amazon.com/dp/B01DI4MQOC/

CPSIA information can be obtained
at www.ICGtesting.com
Printed in the USA
LVHW030229230320
650882LV00002B/522

9 781539 194026